김화진 2021년 문화일보 신춘문예에 단편소설 〈나주에 대하여〉가 당선되며 작품 활동을 시작했다. 장편소설 《○○○○ ○○에 대하여》《공룡의 이동 경로》가 있다.

조경란 1996년 동아일보 신춘문예에 ○○○○○○○○○○○ 선되며 작품 활동을 시작했다. 장편소○○○○○○○○○○○ 원》《혀》《복어》, 소설집 《불란서 안경○○○○○○○○○○를 찾아서》《국자 이야기》《풍선을 샀어》《일요일의 철학》《언젠가 떠내려가는 집에서》《가정 사정》, 산문집 《조경란의 악어 이야기》《백화점─그리고 사물, 세계, 사람》《소설가의 사물》 등이 있다. 문학동네작가상, 현대문학상, 오늘의젊은예술가상, 동인문학상, 이상문학상 등을 받았다.

김영민 서울대학교 정치외교학부 교수. 산문집 《아침에는 죽음을 생각하는 것이 좋다》, 인문교양서 《공부란 무엇인가》《인간으로 사는 일은 하나의 문제입니다》《인생의 허무를 어떻게 할 것인가》《가벼운 고백》 등이 있다.

김멜라 2014년 단편소설 〈홍이〉로 《자음과모음》 신인문학상을 받으며 작품 활동을 시작했다. 장편소설 《없는 층의 하이쎈스》, 소설집 《적어도 두 번》《제 꿈 꾸세요》, 산문집 《멜라지는 마음》이 있다. 문지문학상, 이효석문학상, 젊은작가상을 수상했다.

정보라 1998년 연세문화상 소설 부문에 단편소설 〈머리〉가 당선되며 작품 활동을 시작했다. 소설집 《저주토끼》《여자들의 왕》《아무도 모를 것이다》《한밤의 시간표》《죽음은 언제나 당신과 함께》, 장편소설 《문이 열렸다》《죽은 자의 꿈》《붉은 칼》《호》《고통에 관하여》《밤이 오면 우리는》 등이 있으며, 옮긴 책으로 《거장과 마르가리타》《탐욕》《창백한 말》《어머니》《로봇 동화》 등이 있다. 《저주토끼》로 부커상 국제 부문 최종 후보에, 전미도서상 번역문학 부문 최종 후보에 이름을 올렸다.

Image 김나훔, 〈해피서울〉(iPad Drawing, 80x80cm, 2018)　　Design 김동선

소설, 한국을 말하다

소설, 한국을 말하다

장강명
곽재식
구병모
이서수
이기호
김화진
조경란
김영민
김멜라
정보라
구효서
손원평
이경란
천선란
백가흠
정이현
정진영
김혜진
강화길
김동식
최진영

은행나무

차례

기획의 말

여기에 실린 소설들은 2023년 가을부터 2024년 봄까지 문화일보에 연재된 것들이다. '소설, 한국을 말하다'는 당시 시리즈 제목이었고 매주 새로운 작가가 4000자 안팎의 짧은 소설을 한 편씩 공개했다. 엽편(葉片), 콩트, 미니픽션 등의 이름이 있지만 연재를 진행하는 동안 나는 저 제목이 좋아서 '소설, 한국을 말하다'라고 늘 길게 불렀다. 보도가 아닌 '이야기'로 한국 사회와 문화, 그리고 한국인의 마음을 들여다보자는 취지와 그 형식까지, 그보다 더 적확하게 아우르는 표현은 없었다.

또, 나는 자주 말하고 다녔다. 일터란 좋은 것보다 싫은 걸 더 많이 해야 하고, 이상과 현실의 어그러짐을 계속 목격하는 장소다. 그런 애증의 관계에도 불구하고, '우리, 이런 거 해' 하고 떠벌리고 싶은 일. '야, 너도 좀 읽어봐'라고 권하고 싶은 일이었다. 즉, 싫은 것보다 좋은 게 훨씬 많고, 이상과 현실이 착 맞물렸던 업무였다. 직장인의 호사였다. 게다가 사람들이 문학과 멀어지고, 그래서 신문과 소설도 멀어진 시대 아닌가. 문학·출판 담당 기자로서 자발적 열정이 샘솟았던, 드물고 귀한 프로젝트였다.

주제와 소재, 이야기의 키워드는 필자들이 자유롭게 선택했다. 다만, '한국'이라는 시공간을 함께 지나는, '지금, 여기'의 '우리'를 드러내야 한다는 전제가 있었다. 애초 인간과 사회를 탐구하며 끊임없이 질문을 던지는 게 소설이 하는 일 중 하나고, 소설가들은 늘 인간의 마음을 유영하고 있기에 그 과정은 크게 어렵지 않았다. 작가들은 신간 인터뷰와 같은 기사가 아니라 소설 그 자체로 신문 독자들을 만난다는 것을 신선하게 받아들였고, 반가워했다. 하고 싶은 말, 담고 싶은 풍경, 파헤쳐볼 만한 지점을 빠르게 간파했고, 그것은 각각 오롯한 세계로 펼쳐졌다.

AI, 사교육, 고물가, 오픈런, 덕질, 번아웃, 반려동물, 자연인, 거지방, 고물가, 다문화 가족, 새벽 배송, 중독……. 우리가 아는 세계는, 우리가 아는 것보다 다채로웠다. 그것은 작은 단어에서 뻗어나가기도 했고 처음부터 커다란 숙제를 품고 있기도 했다. 그래서 소설을 읽는다는 건, 당면 과제를 재확인하는 일이기도 하고 흔한 풍경에서 흔치 않은 감각을 경험하는 일이기도 하다. 또, 때론 미처 자각하지 못한 존재나 현상을 알아차리게 한다. 그러다 보면 자연스럽게 이런 자문에 도달하는 것이다. '우린 지금 어디에 있고 어디를 향해 가는가.'

　사실의 힘을 믿고 또 매일 체감하는 직업이지만, '소설, 한국을 말하다'를 통해 소설의 힘과 매력을 새삼 깨달았다. 어떤 사실은 있는 그대로 보여주는 것보다 이야기로 만들어졌을 때 더욱 명징해진다는 것을, 그래서 그 필요와 가치가 더 잘 전달된다는 것을. 그러니 보이는 것과 보고 싶은 것만 보려는 세태에도 아랑곳 않고, 보아야 할 것을 보여주는 일에 성실하게 복무하는 이들―우리의 작가들!―은 얼마나 소중한가.

작가 선정(이라 썼으나 사실은 지면이 선택받은 것이기도 하다)의 가장 중요한 기준은 지금 한국 문단에서 가장 첨예하고 활발하게, 그리고 '계속' '쓰는' 작가들이어야 한다는 점이었다. 결과적으로 필자의 구성이 풍성하고 다양해졌다. 꾸준히 묵직한 메시지를 던져온 중견 작가, 자신만의 세계를 구축·확장해나가며 성장 중인 작가, 그리고 새로운 시선과 재기를 장착한 신진까지……. 이들은 뿌옇고 막연한 말들에 구체성을 부여했고, 무언가를 캐내었다. 그것은 정답도, 대안도, 해결책도 아니지만, 변하는 사회의 흐름을 포착해 지각(知覺)하고 고민하게 했다. 그것만으로도 그들은 제 소임에 충분히 충실했다고 믿는다.

시간이 넉넉하지 못했음에도 완성도 높은 작품을 내어준 작가들에게 존경과 감사의 뜻을 전한다. 소설의 기원과 탄생에 신문의 역할이 얼마나 컸는지 인지시켜준 것도, 의미와 재미 둘 다 잡은 기획이라며 환영과 격려를 보내준 것도 그들이다. 작품 의뢰부터 마감, 지면 게재의 과정을 거치며 작가들과 많은 이야기를 나눴다. 소설 관련 대화부터 막연한 맥주 약속과 시시콜콜한 근황까지. 우리 삶의 밀도가 어떻게 높아질 수 있는지 일러준 시간이었다.

기획의 시작과 끝에 당시 문화부장 최현미 선배가 있다. 선배는 거친 아이디어도 보석처럼 다듬어 반짝이게 하는 마법사였고, 그 방식도 늘 다정해 놀라웠다. 그녀가 없었으면 기획도 연재도 이 책도 없다. 진행을 도와준 든든한 후배 박세희에게 고맙다는 인사와 선배로부터 물려받은 정언을 전하고 싶다. "지금 이 순간은 반드시 남아, 네 마음 한편에라도……."

은행나무는 연재 초부터 관심과 조언을 아끼지 않았다. 소설이 신문 지면에서 생을 마감하지 않고 더 많은 독자들과 만날 수 있게 돼 기쁘다. 문화일보 문화부의 한 시절이, 신문과 한국 문학이 만나 펼친 실험이, 알뜰살뜰 한 권의 책이 됐다. 그래, 모든 순간은 반드시 남는다.

2024년 여름,
박동미

소설 2034

장강명

○ **장강명**

2011년 장편소설 《표백》으로 한겨레문학상을 수상하며 작품 활동을 시작했다. 장편소설 《열광금지, 에바로드》《그믐, 또는 당신이 세계를 기억하는 방식》《호모도미난스》《한국이 싫어서》《댓글부대》《우리의 소원은 전쟁》《재수사》(전 2권), 소설집 《뤼미에르 피플》《산 자들》《당신이 보고 싶어하는 세상》, 에세이 《5년 만에 신혼여행》《소설가라는 이상한 직업》《미세 좌절의 시대》 등이 있다. 수림문학상, 제주4·3평화문학상, 문학동네작가상, 오늘의작가상, 심훈문학대상, 젊은작가상, 이상문학상, SF어워드 우수상을 수상했다. 뜻 맞는 지인들과 온라인 독서모임 플랫폼 그믐(www.gmeum.com)을 운영한다.

"나는 요새 알파벳에서 제일 싫어하는 글자가 K야. 이거 왜 이렇게 어렵냐."

문학 담당 선임기자가 회의실 의자에 등을 기대며 말했다.

"국장이 요즘 문학계가 어떤지 모르는 거 같아요. 10년 전에 자기가 문학 담당할 때 이후로 업데이트가 안 된 거 아닐까요."

문학 담당 2진 기자가 한숨을 쉬며 맞장구를 쳤다.

"과거의 성공 공식이 계속 통할 거라고 믿는 거지. 10년 전 그 시리즈가 진짜 반응이 좋긴 좋았나봐. 조회수도 포털에서 며칠이나 1위 찍었대. 국장이 그 담당기자였고."

"그때 작품들이 재미는 있더라고요. 작가들 선정도 정말 잘했고, 타이밍도 시대정신이랑 맞았던 것 같고요. 'K-스러움, K-정신'이라는 게 있다면 그게 뭐냐, 없다면 앞으로 'K-정신'을 어떻게 만들어가야 하느냐, 그런 얘기 한창 나올 때이기도 했잖아요."

두 문학 담당 기자가 〈소설, 한국을 말하다 2034〉 기획 지시를 받은 건 꼭 한 달 전이었다. 기획의 뼈대 자체는 명료했다. 한국을 대표하는 소설가들을 섭외해 4000자 분량의 짧은 소설을 청탁한다. 한국인, 한국적인 현상, 한국 사회의 구조적 문제나 한국의 문화, 한마디로 'K-스러움'을 말하는 원고를 받아 문화일보 지면에 연재한다.

그런 뼈대에 붙은 디테일이 관건이었다. 소재가 서로 겹치지 않으면서도 한국 사회 이슈를 골고루 다뤄야 한다, 참여 소설가들과 아이템 회의를 치열하게 벌여서 리스트를 가져와라, 1회는 전체 기획을 아우를 수 있는 내용으로 해라, 현 시점의 'K-스러움'이 뭐라고 생각하는지 독자에게도 질문을 던지면 좋겠다……. 10년 전 〈소설, 한국을 말하다〉를 바로 그렇게 만들었다고 했다.

"시대정신이라. 이제 그 단어 자체가 의미를 잃은 거 아닐까? 다 같이 관심 갖는 사안, 함께 이야기해야 하는 이슈라는 게 있긴 있나? 사회가 다 파편화돼서 공통 감각이라는 게 없어진 시대잖아. 지금 어떤 문제 제기가 모든 한국인한테 시의적절할 수 있는 거야?"

"사교육, 번아웃, 워킹푸어, 고물가, 명품."

"다 10년 전에 했던 얘기잖아."

"그렇죠."

"그때 다뤘던 소재는 피하라며. 10년 내내 문제였던 거 말고, 지금-여기의 문제를 얘기하라며."

"그 지시가 잘못이에요. 제대로 해결된 게 없는데 왜 피해야 돼요? 대한민국에서 사교육 문제 같은 건 2044년에도 그대로일 텐데. 지겨워도 계속 얘기해야죠. 다른 이슈들도 다요."

그래도 각 회 소재를 정하는 일은 '이슈들의 이슈'를 제시해야 할 1회에 비하면 쉬운 편이었다. 편집국장이 1회에 기대하는 바를 들은 소설가들은 고개를 절레절레 저었다. 한 작가는 농담처럼 독자들이 도저히 이해하지 못할 복잡하고 맥락 없는 문장을 가득 담은 전위적인 원고를 실으라고 제안했다. 그게 바로 한국 사회 아니냐며.

머리가 터질 지경이 된 두 문학 담당 기자는 국장의 지시를 챗GPT 2034에 그대로 입력해 답을 묻기까지 했다. 챗GPT 2034는 염상섭의 작품들을 딥러닝으로 모두 공부한 염상섭™에게 원고를 청탁하면 어떻겠느냐고 제안했다. 1934년을 살았던 사회파 소설가를 복원한 인공지능이 2034년 한국 언론기사 반년 치를 읽은 감상을 글로 쓰게 하자는 것이었다. 괜찮은 아이디언데……? 두 기자는 얼굴을 마주 보았다. 한데 염상섭™이나 심훈™, 채만식™에게 원고를 청탁하려면 이 소설가들의 신작 저작권을 보유한 사모펀드나 로펌과 협상을 벌여야 했다. 그 회사들이 요구하는 원고료는 아득히 높았다.

한국계 미국인 소설가 캐시 정이 1회 원고를 쓰겠다고 했을 때 두 기자는 감격에 겨워 하이파이브를 했다. 캐시 정이 누군가. 지난해 낸 데뷔작으로 퓰리처상과 전미도서상, 앤드루 카네기 메달을 모두 받은 소설 천재 아닌가. 조너선 새프런 포어가 캐시 정의 작품을 읽고 절필을 고민했다지? 화상 인터뷰 중에 밀져야 본전이라는 생각으로 가볍게 던진 제안을 캐시 정이 흔쾌히 오케이할 거라고는 상상도 못했다. 캐시 정 엄청 바쁜 거 아니었어? 지금 미국에서 원고 청탁이 막 물밀듯 밀려올 텐데? 두 기자는 그날 밤 회사 앞 술집에서 신나게 소폭을 마셨다.

"선배, 캐시 정 아이템 진짜 괜찮지 않아요? 2014년에 미국으로 이민 간 한국계 미국인이 2034년 한국에 대한 기사들을 읽으며 20년 동안 가보지 못한 한국이라는 나라에 대해 생각한다. 우리 시리즈 1회로 아주 딱이잖아요."

문학 담당 2진 기자가 소폭을 한 잔 시원하게 들이켜며 말했다.

"내용이 뭐가 중요하겠어. 캐시 정인데. 캐시 정 그 자체가 바로 K-정신의 구현이야."

이미 얼굴이 불콰한 선임기자가 화답했다.

"그래요? 말하는 건 '난 한국적인 게 뭔지, K-정신이 뭔지 모른다, 난 뉴욕 사람이다' 하는 느낌이던데요. 작품에 딱히 한국이나 이민 얘기가 나오는 것도 아니고."

"캐시 정이 본인을 어떻게 생각하는지는 상관없지. 작품 내용하고도 상관없어. 네가 한국 X같다, 한국인 X나 싫다, 이런 내용으로 영화를 찍거나 노래를 만들었다고 쳐. 그런데 그게 아카데미 작품상을 받거나 빌보드 차트 1위에 오르잖아? 그러면 너는 자랑스러운 한국인이 되는 거고 네 영화나 노래는 한국의 이미지를 드높인 K-컬처가 되는 거야. 사람들은 모순도 못 느낄걸? 난 성공을 찬미하는 게 K-정신이라고 생각해. 여기서는 성공 그 자체가 이데올로기야."

"이야 선배, 옛날 모습 다 죽은 줄 알았는데 아직 쌔라 있네?"

그렇게 흥겹게 폭탄주를 주거니 받거니 했건만, 그 흥은 숙취보다도 수명이 짧았다. 다음날 뉴욕타임스가 캐시 정이 한 사람이 아니라 소설 창작 소프트웨어 7종을 사용하는 크리에이터 팀이라는 의혹을 제기했다. 이후 일주일은 롤러코스터를 탄 것 같았다. 퓰리처상과 전미도서상, 앤드루 카네기 메달 심사위원회는 캐시 정의 수상을 재검토하겠다고 했다. 조녀선 새프런 포어는 신작 장편소설 집필에 들어갔다. 캐시 정은 캐시 정™이라는 이름으로 활동하겠다고 발표했다. 캐시 정™이 찬미할 만한 K-성공으로 보이지는 않았다.

부장회의에서 '캐시 정™은 안 된다'는 결론이 최종

적으로 났다. 〈소설, 한국을 말하다 2034〉 1회 게재 예정일인 9월 4일까지 남은 기간은 이제 고작 5일. 문학 담당 2진 기자는 이름 있는 소설가들에게 전화를 돌려 시리즈 취지를 설명하고 K-정신을 말하는 소설 한 편을 3일 만에 써달라고 읍소했다. 선임기자는 원고를 쓰기로 한 작가들에게 "쓰시기로 한 글을 1회에 맞게 고칠 수 없느냐"라고 사정했다.

가망 없는 작업에 지친 두 기자는 회의실에 멍하니 앉아 있었다. 선임기자가 알파벳에서 가장 싫어하는 글자와 성공의 함정과 시대정신에 이어 헤겔과 관념론에 대해 떠들려는 찰나 2진 기자가 입을 뗐다.

"선배, 장강명 작가한테 부탁하면 어때요?"

"장강명……? 장강명 요즘도 글 쓰나?"

"웹소설을 쓰는 것 같던데요. 무슨 웹진에 에세이 실은 것도 봤고요."

"장강명은 이미 섭외된 작가들이랑 급이 안 맞는 거 같은데……."

"10년 전에 〈소설, 한국을 말하다〉 시리즈 1회를 장강명 작가가 썼잖아요. 그래서 같은 사람에게 다시 요청했다, 2024년 한국을 떠올리며 2034년 한국을 평가해

보자는 취지다, 이렇게 말을 만들면 그럴듯하지 않을까요?"

2진 기자는 그렇게 말하며 'K-스러움'의 한 가지 특징을 깨달았다. 이곳에서는 늘 명분이, 간판이 중요하다.

전화를 받은 장강명은 신이 난 것 같았다. 3일 만에 4000자를, 취지에 맞게 써 보내겠다고 했다. 그게 가능하냐고 2진 기자가 오히려 되물어야 할 판이었다.

"불가능한 마감 일정 앞에서도 몸을 갈아넣어 준수한 완성도로 결과물을 내는 것, 그게 바로 K-정신 아니겠습니까. 매번 기적을 일으키는 사즉생 정신!"

아니야, 그걸 그렇게 부르면 안 돼. 그건 땜질이라고 하는 거야. 그 땜질 때문에 사교육, 번아웃, 워킹푸어, 고물가, 명품 문제가 10년째 제자리인 거야. 2진 기자는 생각했다. "정말 감사합니다, 작가님. 마감 꼭 지켜주세요"라고 말하면서. ■

제42회 문장 생성사 자격면허 시험

곽재식

○**곽재식**

2006년 단편소설 〈토끼의 아리아〉가 MBC 〈베스트 극장〉에서 영상화되며 본격적인 집필 활동을 시작했다. 《지상 최대의 내기》《신라 공주 해적전》《가장 무서운 이야기 사건》《빵 좋아하는 악당들의 행성》 등 다수의 소설을 펴냈다. 인문과학 교양서로 《곽재식의 세균 박람회》《지구는 괜찮아, 우리가 문제지》《곽재식의 유령 잡는 화학자》《휴가 갈 땐 주기율표》《그래서 우리는 달에 간다》《미래 법정》 외 여러 권, 글 쓰는 이들을 위한 《항상 앞부분만 쓰다가 그만두는 당신을 위한 어떻게든 글쓰기》《삶에 지칠 때 작가가 버티는 법》 등이 있다.

제42회 인공지능 문장 생성사 자격면허 시험

* 다음 지문을 읽고 질문에 답하시오.

노벨문학상 수상자들 중에 한국의 최다영 작가만큼 많은 존경을 받고 높은 영예를 누린 작가는 없을 것이다. 최다영 작가가 자신의 가장 큰 업적이 될 그 문제에 처음 관심을 갖게 된 것은 자연스러운 사회 변화의 분위기 때문이었다.

인공지능 기술이 빠르게 성장하면서 인공지능 때문에 일자리를 잃는 일은 사회의 아주 넓은 영역에서 나타났다. 식당에서 주문을 받는 일을 하던 사람들은 자동으로 주문을 입력하는 키오스크나 태블릿 장치 때문에 일자리를 잃었고, 설거지를 하는 사람들은 식기 세척 장치의 기능이 로봇 기술의 발전과 함께 향상되면서 일자리를 잃었다. 로봇의 움직임이 인공지능으로 더 정교해짐에 따라 김밥을 싸는 로봇이나 탕수육을 튀기는 로봇이 저렴하게 나왔고 그런 일을 하던 사람들 역시 일자리를 잃었다. 다른 사업들도 다 그런 식이었다.

더욱 심각한 문제는 억지로 인공지능을 채택하지 않고 일자리를 줄이지 않기로 노력한 영역에서도 일자리는 소멸했다는 사실이다.

한국의 손톱깎이 생산 회사인 칠삼공업의 대표는 회사 직원들의 일자리를 보호해주기 위해 로봇을 도입하지 않기로 약속한 적이 있었다. 그에 비해 경쟁사인 트리플일레븐은 그 반대 전략을 택했다. 트리플일레븐은 로봇을 대량 배치해서 공장을 운영했는데, 그 로봇들은 24시간 주 7일 연속으로 일하면서 실수도 하지 않으며 비용은 덜 들었다. 그러니 트리플일레븐의 손톱깎이는 칠삼공업 제품보다 더 값싸면서도 품질이 좋았다. 칠삼공업의 제품은 팔리지 않았고 결국 시간이 지나자 칠삼공업은 도산해버렸다. 도산하기 직전까지도 칠삼공업은 단 한 대의 로봇도 도입하지 않았고 칠삼공업 직원들 중 해고된 사람도 전혀 없었다. 그렇지만 회사가 망하니 결국 일자리를 잃기는 매한가지였다.

다른 산업에서도 이렇게 일자리를 잃는 사례는 점점 많아졌다. 자기 일자리가 인공지능에 의해 대체되지는 않는다고 하더라도, 인공지능을 잘 활용하는 경쟁사 때문에 자기가 일하던 회사가 망해 일자리를 잃는 사람들은 계속해서 나왔다는 이야기다.

물론 새롭게 사업 기회를 잡거나 새로운 업종을 개척하면서 성공한 사람들도 있기는 있었다. 그 가장 대표적인 인물이 문학 역사에서 가장 중요한 인물이 된 최다영이다. 그런 이유 때문에 수정주의 지피티안 역사학자들은 최다영의 업적이 단순히 문학사에 국한되지 않고, 사회사, 경제사, 나아가 인류의 역사 전체에서 중요한 일로 간주되어야 한다고 주장하기도 한다.

최다영 이전 시기까지만 해도, 글을 쓰는 직업, 즉 시인, 시나리오 작가, 연설문 작가, 소설가 등의 직업도 인공지능 때문에 일자리를 잃을 가능성이 높다고들 하는 분야였다. 즉 작가는 전망이 암담한 직종이었다. 인공지능이 글을 월등히 잘 썼기 때문만은 아니다. 당시만 해도 인공지능의 성능에 한계가 있어서 인공지능이 글을 쓰면 참신하고 창조적인 연설문이나 소설은 잘 쓰지 못한다고 했다. 그러나 작가나 기자라고 해서 어떻게 매번 참신하고 창조적인 글만 쓰겠는가? 작가들은 어정쩡한 글, 대충 쓴 글, 그저 그런 글을 써서 먹고살 때도 많다. 그런데 그 정도는 충분히 인공지능이 흉내 낼 수가 있었다. 인공지능은 그런 일을 사람보다 빨리, 마감을 맞춰서 대량으로 해냈다. 그러니 그것만으로도 위협적이었다.

게다가 기괴한 이야기이기는 하지만, 대체로 작가들이 먹고살기 위해서는 정말로 참신하고 창조적인 글을 써서는 안 된다는 문제도 무시할 수 없었다. 현실을 보면, 글이 꼭 참신하고 좋아야만 할 필요는 없다. 그저, 출판사나 언론 업계의 높은 분들의 눈에 참신한 것처럼 보이는 게 중요하다. 세상 사람들에게 정말로 감동을 줄 수 있는 글이 아니라, 내 글을 받아보고 평가하는 출판사, 언론사, 방송사의 어느 높은 분이 읽었을 때 "이 글을 세상 사람들이 좋아할 거 같다"라고 지레짐작 할 만한 느낌을 주는 글을 쓰는 게 정말로 먹고사는 데에는 훨씬 유리하다. 그러나 그런 식으로 글을 맞춰 써 바치는 것은 세상의 모든 작가들에게 대단히 피곤한 일이다.

하지만 인공지능은 아무리 그런 글을 쓰더라도 피곤함을 느끼지 않는다. 연휴에 개최하는 멋진 지역 행사 제목을 지어야 한다고 생각해보자. "뻔Fun한 축제", "신나는 樂 페스티벌", "Mom이 편한 어린이 파티" 같은 행사 제목을 붙이면 정말 재치 있으면서도 웃기고, 발음이 입에 착 달라붙으면서도 의미가 깊고, 그러면서도 젊은 감성이라고 감탄하며 좋아하시는 높은 분들은 분명히 세상에 아직 있다. 작가는 거기에 맞춰줘야만 한다. 그런 말장난을 만드는 데, 인공지능은 지치지 않는다.

한때는 웹소설이나 인터넷 커뮤니티라고 해서, 그런 높은 분들의 취향과 상관없이 정말 와닿는 글이 직접 사람들의 눈에 띌 수 있는 경로가 있었다. 그러나 이제는 큐레이션을 해준다느니, 패키징과 프로모션으로 옵티마이제이션을 해준다느니 하면서 중간에서 관리하는 사람들이 끼어들어 "뻔Fun한 축제"와 "신나는 樂 페스티벌" 같은 말을 웹페이지 맨 위에 노출시키려고 든다. 사실, 그건 큰 문제도 아니다. 요즘은 대다수 동영상 공유 사이트나 인터넷 글 소개 사이트에서 인공지능 추천 알고리즘이 어떤 글을 퍼뜨릴지 고르고 있다. 다시 말해, 요즘 세상에서 어떤 글이 멀리 퍼져 인기를 끌려면 알고리즘을 타고 많은 사람들에게 추천 콘텐츠로 소개되는 게 상책이다. 알고리즘의 마음에 들어야 글이 성공할 수 있다는 이야기다. 그런 게 뭔지 누가, 어떻게 알까? 그나마 인공지능에게 글을 쓰게 하는 것이 인공지능 알고리즘에 잘 걸려서 더 많은 사람들에게 노출될 수 있는 좋은 방법 아닐까?

다행히 최다영은 이런 시대가 시작되기 직전에 인기 있는 글을 써서 많은 돈을 벌어둔 극소수의 작가 중 한 사람이었다. 많은 평론가들이 진부해 빠진 뻔한 소설이라고 최다영의 소설을 비난했지만, 그렇거나 말거나 최다영은 여유가 있었다. 그리고 그 여유를 가지고 최다영은 소설을 위해서, 문학계를 위해서, 세상의 모든 글 쓰는 사람들을 위해서, 도대체 진정으로 자신이 할 수 있는 일이 무엇인지 고민했다.

가만 보니 답은 이미 나와 있었다!

의료 인공지능을 예로 들어보자. 의료 인공지능의 성능은 어지간한 의사들보다 훨씬 기능이 좋다. 의사를 만나는 것보다 스마트폰에 설치되어 항상 내 행동을 살피는 건강 인공지능과 상담하는 것이 가벼운 질환의 경우에는 훨씬 더 정확하다. 그렇지만 그렇다고 해서 의사 대신에 로봇만 데려다놓은 병원은 없다. 왜냐하면 법으로 의사의 자격은 보호받고 있기 때문이다. 프로그램이 아무리 좋아도 의사가 진료를 하지 않으면 불법이다. 변호 인공지능의 기능도 매우 뛰어나다. "어텐션 알고리즘을 이용한 위상 차원 공간의 GAN 기술 사용 비율을 50% 이상 높이는 조치는 영업 방해에 해당하는가 그렇지 않은가" 같은 소송을 한다고 해보자. 대부분의 변호사들은 뭐가 문제인지 이해도 못한다. 이럴 때에는 변호 인공지능 프로그램을 이용하는 것이 훨씬 더 좋은 조언을 들을 수 있다. 아닌 게 아니라 요즘 변호사들은 서류를 만들 때 그냥 변호 인공지능 프로그램을 돌려서 결과를 얻은 뒤, 말투를 조금 고치고 자기 이름을 써넣는 것 정도로 대부분의 작업을 끝마친다. 그러나 그렇다고 해서 로봇 변호사가 재판에 참여하지는 못한다. 법으로 변호사의 자리는 보호받고 있기 때문이다. 컴퓨터 프로그램이 아무리 좋아도 변호사가 재판을 맡지 않으면 불법이다.

국회의원의 12%는 국회의원에 선출된 이후, 실제 의회 활동은 아무것도 하지 않는다. 국회 본회의에서 자기 자리에 단 한 번도 출석하지 않은 국회의원도 많다. 그냥 높은 자리에 앉았다고 거들먹거리는 게 목적이고 위에서 반대하라면 반대하고 찬성하라면 찬성하는 게 의정 활동의 전부인 국회의원들이라면 인공지능 기술로도 충분히 대체할 수 있을 것이다.

어떻게 나랏일을 컴퓨터에게 맡길 수 있냐고 호들갑을 떨던 사람도 있었지만, 공무원을 기계로 대체하는 것은 새삼스러운 일도 아니다. 1990년대만 하더라도 주민등록증 같은 잡다한 서류를 뗄 때마다 공무원들이 직접 도장을 찍어주고 서류 더미를 찾아가며 일을 해야 했다. 그러나 요즘에는 인터넷 프로그램이나 자동판매기처럼 생긴 기계가 증명서 떼는 작업 대부분을 대신해주고 있다. 그만큼 공무원을 덜 채용한다. 결국 공무원 대신에 증명서 떼는 기계를 데려다놓은 셈이다. 국회의원과 고위 공무원도 기계로 대체하면 되지 않을까? 그러나 국회의원과 고위 공무원을 인공지능으로 대체하지는 못한다. 그 자리는 법으로 보호받고 있기 때문이다.

그래서 최다영은 결단을 내렸다. 성공하는 문학을 위해서는 좋은 글을 쓰거나 아름다운 감각을 표현하는 것은 중요하지 않다. 어차피 문학도 다른 모든 분야와 마찬가지로, 인공지능 시대에 가장 중요한 것은 훌륭함이나 노력이 아니라 법과 제도를 바꿀 수 있는 로비의 힘이다. 곧 최다영은 이름이 그럴듯하고 회장과 이사에게 월급을 많이 주는 예술 후원 단체를 하나 만들었다. 그리고 그 단체 회장과 이사 자리를 전직 고위 공무원들과 정치인들에게 적당히 나눠주었다. 곧이어 최다영은 법과 제도를 만드는 사람들을 조종해, 마침내 전 세계 최초로 한국에 '문장 생성사'라는 자격면허 제도를 만들도록 했다.

이제 모든 글은 다 인공지능 프로그램이 써준다. 소설도, 시도, 영화 대본도, 그리고 시험 문제에 실릴 지문도. 그러나 그 프로그램을 실행할 때 '실행'이라고 적힌 사각형 모양의 단추를 누를 권한은 오직 시험에 통과한 작가들만 갖도록 법을 만들어버린 것이다! 문학에 대한 심오한 이해를 갖춘 사람들만이 기계를 이용해서 글을 쓰는 작업을 잘 관리 감독할 수 있다는 이유를 내세웠다.

그렇게 해서 작가들은 자기들끼리 만들어놓은 자격 시험 제도를 통과해야만 버튼 누를 권한을 가질 수 있도록 했다. 면허가 없는 사람이 글 써주는 인공지능 프로그램을 함부로 사용하면, 5천만 원 이하의 벌금 또는 20년 이하의 징역에 처하도록 되어 있다. 한 번의 자격 취득으로 평생의 생계와 직업이 보장되는 최고의 꿀 직업, 의뢰가 들어오면 인공지능 프로그램을 실행하고 단추를 한 번 누르는 것이 일의 전부인 직업, 요즘 똑똑한 사람들이라면 모두가 그 자격을 얻기 위해 피 터지게 경쟁한다는 문장 생성사라는 직업이 작가라는 직업을 대체하는 역사적인 변화가 시작된 것이다.

(질문1) 최다영의 업적에서 가장 중요한 요점은 무엇인가?

(질문2) 지문 내용의 문장 중 가장 사실과 거리가 있는 진술은 무엇인가?

(질문3) 최다영보다 문학에서 더욱 위대한 업적을 세울 수 있는 사람이 세상에 나타날 수 있을까? ■

콘텐츠 과잉

상자를 열지 마세요

구병모

○**구병모**

2008년 장편소설 《위저드 베이커리》로 작품 활동을 시작했다. 장편소설 《파과》《네 이웃의 식탁》《상아의 문으로》, 소설집 《고의는 아니지만》《그것이 나만은 아니기를》《단 하나의 문장》《있을 법한 모든 것》 등이 있다. 오늘의 작가상, 김유정문학상 등을 수상했다.

개발회의에서 깨진 날의 퇴근길에 그것이 내게로 왔다.

　깨졌다고 해서 그 방식이, 이것도 기획서라고 썼느냐라든지, 너는 그냥 일 그만두라고 모욕을 주는 건 아니었다. 요즘은 A4 용지에 출력하지 않고 각자의 태블릿 화면에서 공유된 PPT 화면을 보거나 줌 화상 회의를 하는 만큼, 기획서를 얼굴에 집어 뿌리는 고전 드라마 같은 사태는 일어나지 않았다. 그러나 한쪽 입꼬리가 올라간 미소와 함께 조용히 비아냥거리는 반문으로도 사람의 영혼을 죽일 수 있다. "혹시나 해서 묻는데 ○○씨는 그러니까…… 이게 정말 재밌고 참신하다고 생각해서 올린 거 맞지요? 와…… 요즘은, 이렇게들 생각하는구나. 조금 당황스러워서 그러는데, 뭐 계속해봐요. 일단 끝까지는 들어볼 테니까." 그 같은 반응에 이미 주눅이 든 상태에서 발표를 마치면, "우리 하루에 영화만 몇 편이 쏟아져나오는지 알고는 있는 거지요? 이게 정말 먹힌다고 믿어서 지금, 이런 거 들고 나오는 거지요?" 이런 식이었다.

고만고만한 물건들 가운데 확실하게 튀어야 했다. 튄다는 것도 지나치게 기이하거나 낯설어 소비자를 당혹스럽게 만드는 방향이어서는 안 되었다. 확실하게 수익을 낼 수 있는 킬러 콘텐츠로 승부를 보아야 했다. 그걸 위해 거의 모든 시간을, 이미 생산된 수많은 콘텐츠를 검토하는 데 보냈다. 플랫폼마다 가입하여 과금을 하고 대량의 웹툰을 보고, 밥 먹는 것도 잊고 쇼츠를 보고, 스킵하지 않고 광고를 보고, 영화를, 예능을, 드라마 전 회차를 요약한 유튜브 방송을 보았다. 1분 30초를 넘기지 않는 쇼츠를 보면서 손가락으로 하나씩 밀어 넘기는 동안 어느새 잠자는 것도 잊고 세 시간이 훌쩍 지나가기가 일쑤였는데, 한편으론 마음이 급하여 세 시간짜리 영화는 볼 수 없는 아이러니가 반복되었다. 한 편의 영화를 깊이 있고 꼼꼼하게 들여다보기보다는, 대량의 콘텐츠를 있는 힘껏 한계치까지 뇌 속에 쓸어담고 입속에 구겨넣는 것이 나의 성과와 직접적인 관계가 있었다. 그런 식으로 웹툰을 구독하다 보니 이게 그거 같고 그건 또 저거 같고, 이 전생이 저 환생 같고, 그 이세계가 이 현 세계 같고, 모든 게 뒤섞였다. 개개의 작품은 선명한 빛이었는데, 그 빛을 모두 섞으니 흰빛이 되었다. 저마다 고유의 색깔이 두드러졌는데, 그 색이 모두 섞이니 검은색이 되었다. 개발회의 때마다 K-콘텐츠의 현황을 분석했지만 내가 내놓은 카드는 그 흐름에 양적으로도 질적으로도 편승하지 못한다는 명백한 사인을 받으면서, 인정해야 했다. 나는 이 시대의 흐름 속에서는 화제성이 있는 무언가를 만드는 일과 맞지 않는 사람이었다.

그런 때 빗속에서, 반지하 자취방 문앞에 놓인 상자를 보았다.

'내용물'이라고 인쇄된 글자가 붙어 있는 상자를 보고, 그것이 무언지 바로 알아차렸다. 최근 본 쇼츠 가운데 이 상자에 대해 다룬 것들이 있었다. 수신자 주소 위로 '내용물'이라는 글자만 적혔을 뿐 발신자가 명기

되지 않은 소포 박스가 출몰하는데, 해외 쇼핑몰의 브러싱 스캠의 일종으로 추정만 가능할 뿐이며, 실제로 피해를 본 사례는 없지만 아무 데나 무작위로 배달된 1000여 개의 상자 안에서 한두 개쯤은 우리 환경에 맞지 않을 것이 분명한데다 심어서 뭐가 돋을지 모를 씨앗도 나왔고, 그보다 더 수상쩍은 인화물질이 들어 있지 말라는 법도 없으니, 발견 즉시 미개봉 상태로 경찰서에 제출해달라는 이야기가 돌았다. 일부 유튜버들은 '드디어 그것이 저에게도 왔습니다!', '저도 해봅니다 '내용물' 언박싱'이라는 제목을 달고 동영상을 올리기도 했는데, 그중 절반은 직접 만든 가짜 상자라는 사실이 나중에 밝혀졌고, 무엇이 진짜인지 가짜인지, 심지어 인간의 진심 여부와 마찬가지로 거기에 무엇이 담겨 있는지조차도 실은 중요하지 않았는데, 일단 그걸로 조회 수가 올라가고 구독자 수도 소폭 상승하면 그만이었다.

현관에 우산을 던져놓고 더는 올려둘 자리도 없는 식탁 끄트머리에 상자를 얹어놓았다. 여러 패턴으로 변주된 불특정 다수의 '내용물'과 다른 점이 있다면, 깨알만한 글자로 주의사항이나 약관 비슷한 것이 적혀 있다는 점이었다. 빗물에 번졌지만 대강의 내용은 이랬다. '이 걸 손에 넣은 당신은 창작력이 왕성해지고 무엇이든 만 들 수 있게 됩니다.'

손에 넣는다는 것부터가 다소 막연하고, 전체적으로 광범위하고 추상적이며 믿거나 말거나 식의 안내문 한 줄이었지만, 그걸 보자 머릿속에서는 다음번 기획안이 빠르게 돌아가기 시작했다. 발신자가 불분명하고 발신 목적을 정확히 알 수 없는 소포가 도시 전설의 한 장면 처럼 퍼져나가는데 어느 날 주인공에게도 배달된 상자, '절대로 열지 마시오'라고 적힌 그것을 열었더니 안에 는 작은 동물의 사체가⋯⋯ 혹은 신원 불명의 신체 일 부가⋯⋯ 아니 아니, 이건 너무 뻔하다. 상자 안에는 작 은 병이 한 개 들어 있는데, 똑같은 내용물이 담긴 상자 를 받은 다섯 사람이 채팅으로 얘기를 주고받다 모였 을 때 사건이 벌어지고⋯⋯ 이것도 어디서 본 것 같다. 상자 안에는 드라이플라워가 한 묶음 들어 있고, 꽃에 얽힌 추억이⋯⋯ 이건 너무 올드하다. 너무 많은 것을 보고 소비해버렸더니, 더욱 빠르게 더욱 많은 콘텐츠를 섭취하여 트렌드를 캐치하기 위해 한 권의 책 대신 한 줄의 로그라인 위주로 흡입하고 기획서를 게워내는 동안, 나는 무엇을 보았는지 또는 무엇을 안 보았는지 알 수 없게 되어버렸다. 만약 소설이라면, 이 안에는 아무것도 들어 있지 않을 것이다. 텅 빈 상자, 무의미한 상자, 제로부터 시작하여 무엇으로든 채워나가야 하는 상자를 내려다보며, 주인공은 앞으로의 발전적이고 건설적인 삶을 다짐할 것이다. 이건 또 너무, 행복이 바로 옆에 있다는 파랑새 같은 이야기인데.

그러면 도대체 나는 어떻게 해야 하지? 남들이 이미 다 했을 법한 고만고만한 상상력과 바탕을 가졌을 뿐인 내가, 무엇으로 K-콘텐츠의 흥성에 이바지하지? 그러다가 생각은 급기야 이런 데까지 가닿았다. 그런데 그것이 흥한다고 나한테 좋을 건 뭐지? 어차피 내가 육신을 갈아넣어서 보기 좋은 물건을 만들어낸다 해도, 그것으로 부와 명예를 누리는 사람들은 극히 한정되어 있으며, 간혹 그것이 세계적인 화제몰이를 할 것 같으면, 국력 향상이니 문화 강국이니 하며 숟가락이나 얹으려드는 높은 분들은 따로 계실 텐데 말이다.

그러나 근본적인 질문을 하기보다 당장의 기획서가 급했으므로, 나는 너무 멀리까지 뻗어나간 생각의 줄기를 거두고 눈앞의 상자에 집중했다. 이 상자가 내게 온

것은 우연이 아닐 터였다. 거기 무언가 좋지 않은 게 들어 있다고 한들, 닫힌 게 눈앞에 있으면 일단 열고 보는 것이 사람의 마음이었다. 현존하는 수많은 스릴러 영화 이전에,《푸른 수염》같은 고릿적 동화들도 그런 이야기를 하고 있었다. 열기부터 해야 이야기가 시작된다. 뭐라도 전개된다. 콘텐츠를 만들기 위해서라면, 현실의 인간은 어쩌든 간에 이야기 속 인물이 그걸 고이 들어다 신고한다는 선택지는 없는 법이었다. 이 세상의 모든 이야기는 해서는 안 되는 일을 하는 인물, 열어서는 안 되는 걸 열고 꺼내서는 안 되는 내용물을 꺼내는 인물들의 행위로 성립되었을지도 모른다.

그렇게 간주하고 나니 문득 이 상자야말로 세상에서 가장 진귀한 콘텐츠가 들어 있는 마법의 보석함이라는 생각에 이르며, 이걸 열어서 안에 담긴 내용물을 취하거나 먹거나 입거나 어떤 형태로든 쓴다면 빛나는 무언가를, 설령 빛까지는 나지 않더라도 그런대로 쓸 만한 것을 만들어낼 수 있으리라는 믿음이 샘솟았다. 샘솟는다는 건 거짓말이고 낯선 아이템을 습득할 때는 으레 그것의 효능을 믿어야 한다는 일종의 다짐, 익사 직전에 지푸라기를 잡는 것과 닮은 심정이라고 해도 좋았다.

나는 상자 모서리를 만지작거렸다. 지금 내가 있는 곳이 현실 아닌 한 편의 콘텐츠 안이고, 그중에서도 소설이라고 한다면 어떨까. 이 상자는 진부하게도 텅 비어 있어서, 거대 규모와 고예산의 콘텐츠를 만들기 위해 고갈되어온 노동자의 허무를 불러일으킬까. 황금기나 호황기라는 찬사가 쏟아지는 이면에서 실상은 언제라도 소진되어 빈약해질 수 있는 콘텐츠의 속성과 운명을 일깨워줄까. 그게 아니라면 뚜껑을 여는 순간 원한, 복수, 증오, 질투가 튀어나오고 마지막에 굼벵이 같은 희망만 남게 된 판도라의 상자처럼…….

무언가를 시작하고자 한다면, 열어야 했다.

나는 칼끝을 상자의 이음부에 푹, 찔러넣었다.

소설이라면 바로 이 장면에서 끝났을 것이다.

그렇지만 여기는 짤막한 콩트의 세계니까, 이것은 위트 있고 장난을 좋아하는 친구의 깜짝 선물이며, 안에서는 허무와 폭력과 희망 대신 그저 당 보충을 위한 여러 가지 간식이 나올 것이다. 내게는 창의성도 재능도 트렌드를 읽는 눈도 없지만, 콘텐츠는 어쨌든 계속되어야 하므로. ■

우리들의 방

이서수

○ **이서수**

2014년 동아일보 신춘문예에 단편소설 〈구제, 빈티지 혹은 구원〉이 당선되며 작품 활동을 시작했다. 장편소설 《마은의 가게》《헬프 미 시스터》《당신의 4분 33초》, 중편소설 《몸과 여자들》, 소설집 《젊은 근희의 행진》《엄마를 절에 버리러》 등이 있다. 젊은작가상, 이효석문학상, 황산벌청년문학상을 수상했다.

"무슨 방이라고?" 언니의 동거인인 해영 씨가 상추쌈을 크게 싸서 입에 넣으려다 말고 물었다. 언니가 불판 위 삼겹살을 뒤집으며 거지방, 하고 말했다. 원래는 언니도 거지방이 뭔지 몰랐지만 내가 알려주었다. 지출을 줄이려는 청년들이 모여 서로를 지지해주는 단체 채팅방이라고.

일주일 전 여의도 복합 쇼핑몰에서 만난 언니는 쇼핑을 하고 싶어 했지만, 나는 언니가 마음에 드는 옷을 집어들 때마다 옆에서 잔소리를 했다. "그게 꼭 필요해?" 언니는 고개를 저었다. "꼭 필요하진 않아." 나는 언니가 그렇게 답할 줄 알고 있었다. 꼭 필요해서 사는 옷이

란 거의 없으니까. 언니와 함께 쇼핑몰을 걷는 동안에
도 나는 간간이 거지방 채팅창에 올라오는 톡을 확인
했다. 철없는거지님이 극장에서 상영 중인 최신 영화를
보고 싶다고 말하자 봉준5님이 답글을 즉시 달았다.

—제가 쓴 시나리오 보내드릴게요. 미개봉 최신작입
니다.

묵언수행님이 집 근처 헬스장에서 회원비 할인 행사
를 하는데 지금 등록하면 큰 이득인 것 같다고 말하자
곧바로 두 개의 답글이 달렸다.

—어싱을 하세요. 맨발로 흙바닥을 걷는 건 공짜예요.
—산스장에서 운동하세요.

나는 청바지를 살펴보고 있는 언니에게 산스장이 뭔
지 아느냐고 물었다. 언니는 고개를 갸웃하더니 중국
요리냐고 물었다. 타이밍 좋게 채팅방에 설명이 올라
왔다.

─산스장은 산에 있는 공짜 헬스장입니다. 주로 약수
터 근처에 있습니다.

해영 씨가 상추쌈을 씹어 삼키고 나서 내게 물었다.
"사십대가 모이는 거지방도 있어?" 나는 드물다고 답했
다. 거지방의 주축은 십대와 이십대였다. 삼십대는 종
종 있어도 사십대는 거의 없었다. 생각에 잠긴 표정을
짓던 언니가 말했다. "사십대 중엔 거지가 없는 게 아닐
까?" 그 말에 해영 씨가 숟가락을 탁 내려놓더니 말했
다. "설마 우리만 거지인 거야?" 해영 씨와 언니는 서글
픈 눈빛으로 웃음을 터뜨렸다.

나는 해영 씨와 언니가 거지라고 생각하지 않았기에
왜 그런 말을 하는 건지 무척 의아했다. 두 사람은 너른
평수의 전셋집에 살았고, 나는 월세 원룸을 벗어나지
못하는 처지였다. 두 사람은 대기업 계열사의 정규직
이었지만 나는 계약 만료를 앞두고 있는 비정규직이었
다. 감히 누구 앞에서 거지 운운한단 말인가……. 나는
불편한 심기를 드러내는 대신 불판 위에 남은 삼겹살을
젓가락으로 모조리 집어서 탑처럼 쌓았다. 그리고 한입
에 넣고 꼭꼭 씹어 먹었다. 나를 물끄러미 보던 언니가

말했다. "고기 더 시켜줄까?" 나는 고개를 저으며 휴대폰을 꺼내 거지방에 저녁 지출을 보고했다.

―저녁 식사 0원. 정규직 언니들에게 솔트에이징 삼겹살 얻어먹었음.

그러자 곧바로 답글이 달렸다.

―밑반찬 리필 요청한 뒤 포장해와서 내일 드세요.

연이어 다른 답글이 올라왔다.

―다음생은재벌딸님, 금지어 준수해주세요. 정규직, 상여금, 회사 추석 선물 얘기는 금지입니다. 곧 명절이 다가오니 주의해주세요.

나는 죄송합니다, 라고 말하는 토끼 이모티콘을 채팅창에 띄웠다. 가장 중요한 규칙인데 그걸 잊어버리다니. 얼굴이 화끈 달아올랐다.

고깃집을 나와 지하철역으로 향했다. 남은 밑반찬은 결국 포장하지 못했다. 해영 씨가 진상 손님이라면서 나를 뜯어말렸다. 반찬 리필을 요청한 뒤 일부러 남기고서 그걸 포장해달라고 요구하는 손님이 속출하면 자영업자 입장에선 타격이 클 거라고 말했다. 나는 한 번 정도의 리필은 괜찮은 거 아니냐고 물었다. 해영 씨가 언니를 돌아보며 말했다. "얘가 거지방에 들어가더니 정말로 거지 근성이 생겼나봐." 두 사람은 낄낄거렸고 나는 기분이 확 상했다. "거지 근성을 기르는 곳이 아니라 합리적 소비를 하는 청년들의 연대라니까." 언니가 나를 흘겨보더니 말했다. "야, 그거 그냥 재미로 하는 거 아니야? 그리고 솔직히 말해서 자기가 쓴 걸 전부 다 보고하는 사람이 몇 명이나 되겠냐. 충동적으로 지출한 건 안 알리겠지. 그냥 경제학적 조크로 드립 치고 놀려는 사람들이 모여 있는 곳 아니야?"

나는 언니의 말에 기함했다. 우리를 저따위로 폄훼하다니. 우리는 목숨 걸고 돈을 아끼고 있다고 항변하고 싶었지만 하지 못했다. 목숨까진 걸지 않으니까. 어쩌면 언니 말이 맞을지도 모른다. 재미있는 놀이로 여기는 사람도 있을 것이다. 하지만 나는 아니었다. 혼자

아끼는 것보다 타인과 연대하며 절약하면 미션을 수행하는 기분이 들어 외로움이 한결 줄어들었다. 낙관적인 미래를 조금씩 꿈꾸게 되는 효과도 있었다. 비관을 희망이 잠재된 놀이로 바꾸려는 전복적 자세를 언니는 도통 모르는 것 같았다. 이것이 정규직으로 출발한 언니의 삶과 그러지 못한 내 삶의 차이점일까. 나는 그런 말을 구구절절 늘어놓는 대신 언니의 단어 선택에 일침을 가했다. 툭하면 자기도 MZ라고 거들먹거리는 언니에게 유효타가 될 만한 말을 고르려고 머리를 굴렸다. "언니, 요즘 누가 조크라는 단어를 써? 진짜 옛날 사람이네." 언니는 비죽거리며 너는 레트로도 모르냐고 맞섰다. 나는 젠체하며 말했다. "레트로라는 단어, 나는 마음에 안 들어. 우리에겐 레트로라는 개념이 성립이 안 돼. 새로운 거라서 관심이 가는 거니까 레트로가 아니라 그냥 뉴라고." 분명한 선을 긋는 내 말에 언니가 씩씩거렸다. 논쟁에선 한 발도 물러서지 않으려는 습성은 익히 알았지만 오늘따라 그런 모습이 더욱 얄미웠다. 나는 한 번 더 쐐기를 박았다. "거지방에 참여하는 마음의 밑바탕엔 절대로 지지 않겠다는 오기가 있어. 우리를 쉽게 보지 마." 언니가 코웃음을 치더니 그게 무슨 오기냐고 물었다. 나는 나도 모르게 주먹을 꽉 쥐며 말했다. "내가 거지로 살아서 너를 꼭 이겨주마, 이런 느낌인 거지."

언니는 '너'가 누굴 뜻하는지 묻지 않았다. 각자도생을 권하는 사회인지, 혼란스러운 시대인지, 나보다 잘나가는 친구 아무개인지 궁금해하지 않았다. 언니는 입을 꾹 다물고 팔짱을 낀 채 걸었고 나도 고집스레 침묵했다.

우리의 눈치를 살피던 해영 씨가 허공에 손바닥을 펼치더니 말했다. "비 오는데?" 그 말이 끝나자마자 빗방울이 후드득 떨어지기 시작했다. 전철역까진 거리가 꽤 되었지만 내겐 우산이 없었다. 그 사실을 깨닫자마자 처량함이 밀려왔다. 여기까지 오느라 지하철을 57분이나 탔다. 공짜로 고급 삼겹살을 먹었다는 걸 거지방에 말하고 싶어서 그랬다. 나는 얼굴도 모르는 거지방 참여자들에게 깊은 연대감을 느끼고 있었다. 회사에선 계약 만료를 앞두고도 아무런 말이 없었고, 나는 다른 직장으로 옮기기 전에 휴식기를 갖고 싶었다. 사용 기한이 정해져 있는 부품처럼 나를 대하는 곳으로 다시 돌아가기 전에 내 삶을 고민해볼 수 있는 안식년을 갖고 싶었다. 그러자면 절약은 필수였다. 언니는 이런 내 마음을 전혀 모르는 것 같았다.

굵어진 빗방울이 내 정수리와 이마를 때렸다. 황당하게도 딱밤을 맞은 것처럼 아팠다. 이대로라면 역에 도착하기도 전에 쫄딱 젖을 것 같았다. 나는 언니와 해영 씨에게 그만 집으로 돌아가라고 말했다. 언니는 내 말을 들은 척도 안 하더니 편의점을 가리키며 그리로 발길을 돌렸다. 설마 우산을 사려는 건가? 나는 황급히 언니를 뒤따라갔다. 거지방 참여자들이 가장 혐오하는 지출을 언니가 저지르려 했다. 비 맞기 싫어서 우산사기. 거지방 참여자들은 입 모아 이렇게 말하곤 했다. '그냥 맞으세요. 비 좀 맞는다고 안 죽어요.'

나는 편의점 차양 아래로 막 들어서는 언니의 팔을 다급히 붙잡았다. "우산 사지 마. 그냥 맞고 갈 거야." 그러나 내 말이 끝나자마자 하늘이 둘로 쪼개질 듯한 굉음이 울리며 천둥이 치더니 양동이로 퍼부은 듯이 비가 쏟아져내렸다. 장대비가 땅바닥에 꽂히는 소리가 어찌나 큰지 옆 사람의 말소리도 들리지 않을 정도였다. 언니가 나를 나무라듯이 말했다. "우산 사줄 테니까 쓰고 가." 나는 극구 만류했다. 그러자 언니가 나를 쏘아

보며 물었다. "우산 좀 산다고 네 삶이 망해?" 나는 온 세상이 들으라는 듯 크게 외쳤다. "어. 우리는 망해. 쫄딱 망한다고!"

어안이 벙벙한 표정으로 나를 바라보는 두 사람을 외면하고서 나는 차양 아래로 들어섰다. 그리고 주머니에서 휴대폰을 꺼내 거지방 동지들에게 보고했다.

—폭우가 쏟아지네요. 우산 사는 대신 맞고 가려고요.

곧바로 답글이 달렸다.

—폭포수라 생각하고 시원하게 맞으세요!

나는 휴대폰을 주머니에 넣고 크게 심호흡한 뒤 폭포수 한가운데로 풍덩 뛰어들었다. 찌릿한 한기가 온몸을 감쌌다. ■

너희는 자라서

이기호

○ **이기호**

1999년 《현대문학》 신인 추천 공모에 단편소설 〈버니〉가 당선되며 작품 활동을 시작했다. 장편소설 《사과는 잘해요》 《차남들의 세계사》 《목양면 방화사건 전말기》, 소설집 《최순덕 성령충만기》 《갈팡질팡하다가 내 이럴 줄 알았지》 《김 박사는 누구인가?》 《누구에게나 친절한 교회 오빠 강민호》 등이 있다. 동인문학상, 이효석문학상, 김승옥문학상, 한국일보문학상, 황순원문학상 등을 수상했다.

"이야, 초짜 가능이라고 했더니 진짜 리얼 생초짜가 왔네."

알 없는 뿔테 안경을 쓴 남자가 성규의 이력서를 내려다보며 말했다. 그는 하얀색 브이넥 티셔츠에 감청색 반바지, 조던 운동화를 신고 있었다.

"담백하고 좋네, 뭐. 지저분하지 않고."

그 옆에 있던 다른 남자가 툭, 그렇게 말을 받았다. 그는 흰 와이셔츠에 검은색 정장 바지 차림이었다. 성규가 받은 명함에 따르면 조던 운동화가 송 원장, 흰 와이셔츠는 박 원장이었다. 둘 다 고등부 국어 담당. 성규는 부끄러워하지 않으려고 노력했다. 계속 번갈아가며 그 두 사람과 눈을 맞추려고 했다. 입꼬리는 살짝 올린 채 최대한 부드럽게. 그만큼 성규는 절박했다.

어젯밤, 성규는 잠을 거의 자지 못했다. 새벽까지 유튜브를 보면서 시강 시나리오를 짰고, 또 예상 면접 질문에 큰 소리로 답변해보기도 했다. 학원 강사 경력이 전무한데, 당신을 어떻게 믿고 학생들을 맡기죠? 네, 저는 비록 강의 경력은 없지만 오랫동안 이 분야에 진출하기 위해 준비해왔습니다. 저 자신 또한 학원 키즈로 자라나서 누구보다 아이들의 마음을 잘……니 아니, 이건 너무 일반적인 답변이고……. 성규는 고개를 절레절레 흔들다가 그게 또 아예 틀린 말은 아니라는 생각을 했다. 성규는 경기도의 1기 신도시에서 삼남매의 둘째로 태어나 자랐다. 부모님은 그곳에서 작은 치킨집을 운영하면서 그들 삼남매를 키웠다. 성규는 기억이 닿아 있는 시절부터 계속 학원을 다니고 있었는데, 그래서 당연하게도 대부분의 추억과 인간관계가 그곳을 중심으로 이루어져 있었다. 외고 입시 광풍에 시달려 뭐가 뭔지도 모른 채 자정 무렵까지 학원에 붙들려 있던 중학교 시절(덕분에 중2병을 무사히 넘어갈 수 있었다. 그냥 졸리기만 했으니까)과 학원장이 도박 빚에 시달리다가 야반도주, 그야말로 수능 멘붕이 왔던 시절까지(그

학원장은 아이들에게도 돈을 꾸었다), 성규는 청소년기의 대부분을 이런저런 학원에서 보냈다. 그렇게 해서 간신히 경기도 소재의 4년제 대학교에 입학하고 났더니 그 후론 남아나는 시간을 감당할 수가 없었다. 성규는 대학 시절 내내 롤과 함께 지냈고, 정신을 차려보니 대학 졸업 후 2년이라는 시간이 지나 있었다. 그의 부모님은 그가 공기업 입사 준비를 하고 있다고 믿고 있었으며, 그동안 월세와 생활비를 보내주었지만, 두 달 전부턴 그 모든 게 끊기고 말았다.

—엄마 아빠는 이제 아무것도 남은 게 없어. 지금부터 네 앞가림은 네가 알아서 해야 해.

두 달 전, 엄마는 그렇게 카톡 메시지를 보내왔다.

"사교육이니 학원이니 욕들 하지만…… 하 참, 학원 없으면 청년 취업률은 어떻게 할 건데? 이 초짜들 누가 다 받아줄 건데?"
흰 와이셔츠가 혼잣말처럼 말했다.
"에이, 그래도 이 이력서는 너무 심했다. 알바 경력도 쓰고, 뺑도 좀 치고 그래야지. 난 처음에 이력서 냈을 때 교내 연극제 참가했던 거까지 싹 다 썼는데."

뿔테 안경은 탁자를 계속 검지로 두들기면서 말했다.

사실 성규 또한 그걸 고민하지 않은 것은 아니었다. 경기도 2기 신도시 안에 위치한 국어전문학원, 2명의 원장이 운영하는 젊은 학원, 중등부 전담 국어강사 모집, 경력 무관, 초보 강사 가능, 월화수목 4일 출근, 3개월 월급제(150만 원) 이후 비례제(45%)로 전환, 면접비 지급. 그것이 성규가 본 그 학원의 강사 구인 광고였다. 대학도 졸업한 마당에 편의점 아르바이트를 시작할 순 없고, 그렇다고 다른 준비가 되어 있는 것도 아니고…… 동기들도, 선배들도 그런 과정을 거쳐 학원 강사를 하는 사람이 여럿이었다. 어쩌면 그래서 그는 이력서에 아무런 거짓말도 쓸 수 없었는지 모른다. 학원은 원래 무에서부터 시작하는 거니까, 영점에서부터 올라가는 거니까…….

"이성규 씨, 이성규 씨는 학원 강사의 최고 덕목이 뭐라고 생각하십니까?"

흰 와이셔츠가 물었다.

성규는 짧은 시간 동안 자신을 스쳐지나간 수많은 강

사의 얼굴을 떠올렸다. 그중엔 좋았던 선생님들도 많았다. 아이들을 정말 위해주었던 선생님, 아이들을 위해서 원장과 싸워준 선생님도 있었고, 학원을 '째고' 튄 친구를 찾아 근처 피시방을 다 뒤지고 돌아다닌 선생님도 있었다. 한 선생님은 시험 때마다 엑셀 파일로 그동안 나왔던 객관식 정답 비율을 정리해서 나눠주기도 했다. 잘 찍는 거, 그것도 실력이라는 말과 함께. 하지만 지금은 학원 원장이 보는 학원 강사의 덕목을 말해야 했다. 그게 핵심이었다.

"글쎄요. 강의력…… 강의력 아닐까요?"

성규가 그렇게 말하자, 뿔테 안경이 피식, 소리 내어 웃었다. 그는 작은 목소리로 "난 강의 진짜 못했는데"라고 말하기도 했다.

"강의력은 덕목이 아니고 기본인 거고……."

흰 와이셔츠는 잠깐 뿔테 안경을 바라보며 말을 끊었다. 그러곤 다시 말하기 시작했다.

"어쨌든 여긴 돈이 오가는 곳이라서 마케팅 능력이 최우선시되는 곳이에요."

"아, 네……." 성규는 그 순간부터 자신이 면접을 망쳤다는 생각을 하게 되었다. 그래도 괜찮아, 아직 시강

이 남아 있으니까.

"마케팅은 상대방이 무엇을 원하고 있는지 아는 데서부터 시작하는 건데, 이성규 씨가 생각하기에 지금 학부모들은 무엇을 제일 원하고 있는 거 같아요?"

성규는 또 어쩔 수 없이 자신의 부모님을 생각할 수밖에 없었다. 세 자녀를 키우다가 이제는 아무것도 남지 않은 부모님. 부모님은 성규가 의사가 되거나 변호사가 되길 바라지 않았다. 거기까진 언감생심 바라지도 않았다. 그저 제 앞가림을 할 수 있는 사람, 그것만 바라고 또 바랐다. 학원을 보내지 않으면 그것도 제대로 못하는 자식이 될 것만 같았다고, 그렇게 엄마는 말한 적이 있었다.

"철저한 성적 관리라고 생각합니다."

"아니요, 아니요. 그것도 아닙니다."

흰 와이셔츠는 성규의 이력서에 무어라고 적으면서 말했다.

"그건 소수의 학부모들뿐이고……. 여기 이 동네 학부모들은 자식에게 아무런 일도 벌어지지 말라고 학원에 보내고 있는 거예요."

흰 와이셔츠의 말을 받아서 뿔테 안경이 "내가 가르

치는 학생 엄마는 자기 자식이 학원이라도 다니지 않으면 마약에 손댈 거 같다고 그랬어"라고 중얼거렸다.

"좋은 학원은 그걸 가능하게 해주는 거죠. 그래서 말인데……."

그러면서 흰 와이셔츠는 성규에게 가끔 아이들 자습도 맡아줄 수 있느냐고 물었다. 시험 때는 물론이고, 방학 때도 자습과 특강을 진행할 수밖에 없다는 말도 덧붙였다. 거기에 따로 수당 이야기는 꺼내지 않았다. 그래서 성규는 선뜻 대답하지 못했다.

"우리도 다 그런 과정을 거쳐서 강사가 되고 원장이 된 거거든요. 이성규 씨만 열심히 해준다면 혹시 압니까? 나중엔 여기 지분 투자해서 우리와 함께 공동 원장이 될지?"

흰 와이셔츠가 그렇게 말하자, 뿔테 안경이 정색을 하면서 나섰다.

"그건 또 무슨 소리야? 그런 말은 하면 안 되지?"

"가정이야, 가정. 그렇게 열심히 해달라는."

"아니, 왜 열심히 해달라는 말을 그렇게 하냐고? 아이 참나, 난 이런 게 기분이 나쁘다니까."

뿔테 안경은 그러면서 애당초 중등부 과정을 새롭게

만드는 것도 자신은 썩 마음에 들지 않았다고 말했다. 무슨 소리야? 이미 다 합의해놓고. 둘 사이의 목소리는 점점 더 커져갔고, 성규는 그 모습을 멀뚱멀뚱 지켜볼 수밖에 없었다. 지난번에도 비용처리를 이상하게 하더라는 말과 인테리어 비용 이야기까지 나오자, 흰 와이셔츠가 벌떡 자리에서 일어났다. 뿔테 안경 또한 지지 않고 의자를 박차고 일어났다. 두 사람이 서로 노려보는 가운데 성규는 계속 '안긴문장'에 대해서 생각했다. 어젯밤 내내 준비했던 시강 자료…… 이 학원에 살포시 안기겠다는 말로 마치려고 했던 시강 자료인데…… 안기긴커녕 얻어맞지나 않으면 다행일 거 같았다.

성규는 그 두 사람의 시선을 피해 조용히 강의실 밖으로 빠져나오다가 무언가 퍼뜩 떠올라 다시 그쪽으로 다가갔다.

"저기 근데…… 면접비는 어떻게?"

성규가 그렇게 말하자, 흰 와이셔츠가 여전히 화난 표정으로 자신의 스마트폰을 꺼내 들었다. 띠링, 이내 성규의 휴대폰에서 알림음이 울렸다.

배스킨라빈스 파인트 쿠폰이 도착했다. ■

빨강의 자서전

김화진

○ **김화진**

2021년 문화일보 신춘문예에 단편소설 〈나주에 대하여〉가 당선되며 작품 활동을 시작했다. 장편소설 《동경》, 소설집 《나주에 대하여》《공룡의 이동 경로》가 있다.

임우연은 몇 주째 시뻘건 음식을 먹고 있다. 검붉거나 시뻘건 것. 어떻게 봐도 맑지는 않고 용암 같은 것을. 불닭볶음면이나 엽기떡볶이, 마라탕과 국물 닭발과 열라면을 번갈아 고른다. 그것은 출퇴근길 멍하니 보기 좋은 유튜버들이 곧잘 선택하는 메뉴로, 우연은 그 외 메뉴를 떠올리지 못한다. 빨간색이 아니면 식욕이 작동하지 않는 지경에 이르렀다. 그런 것을 먹으면 식도부터 대장까지 긁히는 느낌이 든다. 그 느낌은 뜨거운 동시에 어딘가 시원해서, 후련한 것인가 하는 착각이 든다. 그런데 후련한 게 맞나? 까져서 피가 나는 살갗을 손톱으로 긁는 느낌에 가깝지 않나? 우연은 생각한다.

저녁에 매운 것을 먹고 아침에 화장실 거울 앞에 서

면, 움직이는 얼굴을 본다. 얼굴이 스스로 움직인 지도 몇 주째다. 별다른 신호가 없다가도 하루에 몇 번이고 눈 아래 근육이 불쑥불쑥 떨렸다. 그때마다 사무실에 있는 손거울을 들어 비춰보면 스스로 움찔거리는 근육이 보였다. 눈 아래가 보이지 않는 포크에 찔린 듯이 움푹 들어갈 때도 있었고 미세하게 찌르르 떨릴 때도 있었다. 며칠 지나면 사라지겠지 하고 뒀던 증상은 여전히 사라지지 않았고 우연은 그것이 무척이나 신경 쓰였다. 혼자서 불쑥거리는 눈 밑을 보고 있자면 깊은 곳에서 화가 올라오는 게 느껴졌다.

이상하게 씰룩이는 얼굴을 갖고 싶은 사람이 어디 있겠는가. 요즘엔 자꾸 이런 사소한 것으로부터 화가 났다. 맹렬한 화도 아니었다. 작은 성냥불 같은 화. 작은 마찰로 몇 초 사이에 붙어버리고 짧은 나무를 다 태우지도 못한 채 혼자 푸시시 꺼지고 마는. 아무에게도 옮겨붙지 못하고 혼자만 태우는 화. 눈 밑이 이렇게 성가시게 된 게 언제부터였나. 그리고 도대체 언제까지 이럴까. 요즘 우연이 가장 많이 생각하는 문장은 '도대체 언제 끝나나' 하는 것이다. 그 질문은 우연의 입버릇이 되었다. 우연은 제발 뭔가가, 자신의 상태를 줄곧 무기

력하게 만드는 것들이 끊어지고 사라지길 바랐다.

우연은 눈 밑 경련이 최근 자기 상태를 나타내는 것 같았다. 별거 아니지만 사람을 참 짜증스럽게 하는. 병원에 달려가면 유난스러운 사람이 되는. 그런데 또 잘 낫지도 않아 지지부진 사람을 괴롭히는. 피로와 피곤의 상태. 성가심과 불편감의 상태. 우연을 지치게 하는 것은 작은 것들이었다. 우연은 핸드백을 만드는 회사에 다녔지만, 우연이 하는 일은 일정 체크 및 온갖 심부름, 손님맞이에 필요한 일이었다. 주차와 입장 안내, 모임 장소 프린트해 회사 곳곳에 붙이기, 대표의 스피치용 피피티와 대본 만들기, 음식 케이터링 예약, 손님들이 가지고 갈 기념품과 선물 포장. 우연은 회사 대표의 두 번째 비서였다.

진짜 이 회사를 굴리는, 메인 상품을 만드는, 이 회사에서 20~30년간 근무하고 있는 바느질 장인들은 번아웃을 호소하지 않았다. 그들은 진짜 질병을 호소했다. 눈의 피로, 시력 저하, 손 떨림, 근육통, 디스크. 그러나 우연은 아니었다. 우연이 호소할 수 있는 건 중압감, 불안감, 강박증, 조바심 같은 것이었다. 사람들에게 보일 수 있는, 증명할 수 있는 통증 같은 건 없었다. 아주 가끔 행사를 위해 신은 구두에 뒤꿈치가 까져 흐른 피?
행사 준비를 위해 정신없이 뛰어다니다가 어딘가에 부
딪혀서 든 멍? 있다면 그 정도였다. 동료들에게 보여주
면 어유 어떡해, 하고 잠깐 동정을 받을 만한 것들.

　우연은 마침 읽은 책에서 자신과 똑같은 상태를 발
견한다. "나는, 정말로 중병을 앓으며 어리광을 부리기
에는 너무 건강하고, 뭔가 쓸모 있는 일을 하고 다니기
에는 너무 녹초가 되어 있다."* 실비아 플라스의 일기
속 문장이었다. 녹초. 우연은 그것이야말로 자기 상태
를 완벽히 설명하는 말이라고 생각한다. 출근해서 수첩
에 오늘 해야 할 일만 적었을 뿐인데도 녹초가 되고 만
다. 해내야 하는 일과 관련된 모든 것을 떠올리면 머리
부터 가슴까지 짓눌리는 느낌이 들었다. 그 느낌은 점
점 더 거세지면서…… 우연을 터뜨려버릴 듯이…… 하
지만 그건 상상일 뿐이었고 존재하는 몸은 아무런 변화
없이, 그저 눈가만 조금 떨릴 뿐 여느 때와 같았다. 터
지지도 찌부러지지도 않았다.

---

*　실비아 플라스, 《실비아 플라스의 일기》, 김선형 옮김, 문예출판
사, 2004.

그럴 때면 임우연은 숨을 잘 쉬어봐. 심호흡을 해. 그렇게 스스로에게 말을 건다. 스스로에게 말을 걸면 스스로가 대답을 하는데 그 목소리는 무척 짜증스럽다. 숨이 막힌다니까? 목구멍이 꽉 막힌 것 같다고! 엄마가 입혀준 스웨터 아래에 내복이 말려 올라간 불편감을 설명할 수 없어 답답해 죽겠다는 어린아이의 목소리 같다. 서른이 넘은 뒤 누구에게도 그런 식으로 말할 수 없지만, 스스로에게는 할 수 있다. 투덜거리고 찡얼거리고 웅얼거린다. 업무 시간이 끝나고 비서실 불을 끄고 나오며 우연은 언제나 스스로와 대화한다. 웅얼거리는 말투, 울먹이는 목소리로.

아무도 나한테 바라는 게 없는데 대단한 게 되라고 하지 않는데 왜 이렇게 힘겹지? 버거워서 다 떨어뜨릴 것 같고 금방이라도 넘어질 것 같은데 아슬아슬 넘어지지 않고 있다. 금방이라도 헛디딘 발을 바로잡지 못하고 쿠당탕 넘어져 이마와 코와 이빨을 다 박살 낼 것 같다. 손바닥과 무릎이 시뻘겋게 까질 것 같다. 그런데 뭐…… 까진다고 별일 있나. 없잖아. 그런데 왜 이렇게 두렵지. 넘어지면 다치는 게 아니라 넘어진 자리가 뻘이라서 넘어진 채 가만히 있으면 코와 입과 귀에 온통

진흙이 차서 숨 막혀 죽을 것 같은 기분이야.

대표나 선배 비서에게 지적이라도 들은 날이면 우연은 그 한마디를 내내 생각한다. 찌푸린 미간과 불퉁한 목소리를. 퇴근길에 다 잊으려고, 생각하지 않으려고 지하철을 타고 역에 내려서 집으로 가는 길에 하늘 한번 쳐다보지 않고 휴대폰에 코를 박고 웃지도 않은 채 수많은 인간과 동물과 음식이 나오는 동영상을 보다가 집에 도착해 문을 열고 들어서면 허겁지겁 매운 걸 먹고 드디어 침대에 늘어지는데, 가만히 누워 있다가 또 그 생각을 한다. 내가 나를 지치게 해. 나는 왜 이럴까? 임우연이 도저히 모르겠다 너란 애는 왜 이렇게 생겨먹었냐? 하고 물으면 임우연이 그것도 모르냐? 그것도 몰라? 하고 대답한다.

사람들이 너한테 왜 바라는 게 없어. 너한테 온통 바라지. 네가 필요할 때마다 있길 바라지. 하찮아 보이지만 누군가는 해야 하는 일을 조용히 해내길 바라지. 걸리적거리지 않고 불필요한 소리를 내지 않고 불필요한 표정을 짓지 않고 불필요한 몸짓을 하지 않고. 네가 하는 일은 특별하고 멋진 일이 아니라 못하면 티가 나는 일. 그런데 너는 너에게 그런 걸 기대하는 게 싫어. 네가 그런 직업을 가졌지만 싫어. 그 분열이 너를 지치게 해. 작은 게 쌓이고 쌓여서 널 높은 데로 올린 거야. 그냥 걷다가 넘어지는 게 아니라 외발자전거로 외줄을 타다가 떨어지는 거라 무서운 거야. 이게 우리가 올라탄 고리야. 임우연과 임우연은 동시에 한숨을 푹 내쉰다.

사실 그만두면 아무것도 아니야. 우연은 그렇게도 생각해본다. 그러나 그만두고 싶지 않지. 우연은 사실 잘하고 싶었다. 쓸모 있는 사람이 되고 싶었다. 네 명의 비서 중에서도 유난히 잘한다는 말을 듣고 싶었다. 그런데 잘한다는 것은 누군가의 입속의 혀처럼 구는 일. 우연은 그런 일을 잘하는 편이 아니었다. 익숙해지기는커녕 갈수록 버거웠다. 더 노력해야 하나? 여기서 더? 나는 잘하는 회사원이 되고 싶기도 하지만 뚜렷한 내가 되고 싶기도 한데. 회사가 바라는 나와 그냥 나 사이에서 이렇게 괴로운 건 보통인가? 모두 그런가? 자아는 스트링 치즈처럼 몇 갈래로 찢어지는 것이군. 갈래갈래 찢긴 임우연들이 임우연을 피곤하게 만든다. 퇴근길 임우연이 할 수 있는 가장 단순한 생각은 스트링 치즈, 불닭볶음면에 올려 먹으면 맛있지…… 하는 것이다.

그런데. 임우연 하나가 말한다. 물론 임우연만이 들

을 수 있는 목소리로. 아주 피곤해도 다시 생각해보자. 영혼은 찢어져도 아직 몸은 찢어지면 안 돼. 독수리한 테 심장을 쪼이며 피를 철철 흘려도 계속 사는 건 신이 고 나는 인간이니까. 우연은 어떤 분열을 멈출 수 없다 면, 올라탄 고리에서 내려올 수 없다면 다른 고리라도 끊어야 하지 않는가 생각한다. 이를테면 유튜브를 보고 선택하던 빨간 음식의 역사는 좀 잘못되었다…… 항상 목구멍이 부은 것 같고 위장에 뜨거운 용암이 출렁거리 는 것 같고 이런 것은……. 그런 게 모여 눈가의 경련이 되고 경련이 일 때마다 임우연은 자신이 어딘가 뒤틀린 사람이 된 것 같다고 느낀다. 그런 걸 느끼지 않기 위해 새로 쓸 수 있는 것은 빨강의 역사뿐이다,라고 우연은 생각한다.

　나 자신의 역사를 바꾸기엔 지금 좀 기력이 없고. 지 금 가능한 것은 조금 다른 빨강의 역사. 입맛은 돌지만 너무 맵지 않고 담백하고 단순한 빨강을 먹는 일. 저녁 메뉴를 생각하려 애쓰는 동안 몇 개의 지하철역이 지나 간다. 집에 가까워질수록 초조해졌지만 임우연의 목소 리가 임우연에게 명령한다. 침착할 것. 속으로 치욯을 발음하는데 침샘에서 침이 솟는 게 느껴졌다. 메뉴가 떠올랐다. 적당히 시고 달고 짠 붉은 토마토 스파게티. 토마토와 루꼴라와 치즈가 들어가는. 그 모든 재료에서 신선한 맛이 나는. 단순한 빨강을 먹자. 몸속에 맑은 빨강이 돌도록. 우연은 슈퍼에 들러 사야 할 재료를 중얼거리며 나머지 역을 지난다. 토마토, 루꼴라, 치즈, 하고 반복해서 생각하는 동안은 떨리는 눈가가 신경 쓰이지 않는다. ■

금요일

조경란

○**조경란**

1996년 동아일보 신춘문예에 단편소설 〈불란서 안경원〉이 당선되며 작품 활동을 시작했다. 장편소설 《식빵 굽는 시간》 《가족의 기원》 《혀》 《복어》, 소설집 《불란서 안경원》 《나의 자줏빛 소파》 《코끼리를 찾아서》 《국자 이야기》 《풍선을 샀어》 《일요일의 철학》 《언젠가 떠내려가는 집에서》 《가정 사정》, 산문집 《조경란의 악어 이야기》 《백화점─그리고 사물, 세계, 사람》 《소설가의 사물》 등이 있다. 문학동네작가상, 현대문학상, 오늘의젊은예술가상, 동인문학상, 이상문학상 등을 받았다.

어머니가 돌아가신 날 이후 송 씨는 금요일을 좋아해본 적이 없었다. 그러나 가족들이 모이는 날도, 특히 외식 약속도 매번 금요일로 결정되었다. 어머니 생각을 하지 않아도 금요일은 약속을 지키기 어려울 때가 많았다. 마치 송 씨가 밖에서 가족들 얼굴을 보는 걸 어색해하는 사람이라는 걸 알기라도 하듯 그때마다 상가의 멀쩡하던 변기가 고장 나거나 주차장에서 말썽이 생기곤 했다. 중학교 교사인 딸은 몇 번 안 되는 외식 때마다 송 씨가 늦어서 얼마나 가족을 걱정시키고 애타게 했는지 상세히 기억하고 지적했다. 오늘만큼은 딸에게 그런 소리를 듣고 싶지 않았고 무엇보다 가족을 기다리게 만들고 싶지 않았다. 좋은 날이었다. 딸 말대로 처음 호텔에서 뷔페를 먹어도 될 만큼.

　동네 다세대 주택에 사십대 아들을 둔 노부부가 살았는데 거의 매일 떠나갈 듯한 아들의 고함이 들렸다. 바로 대각선 방향이라 아내는 거실 창문도 마음 편히 열지 못했다. 송 씨도 쉬는 일요일이면 그 남자의 대상 없는 욕설을 자주 들었다. 동네 사람들이 민원을 제기하지 않는 건 노부부 때문이었다. 노부부는 하루도 빠짐 없이 골목을 쓸고 쓰레기와 담배꽁초를 주웠다. 그렇게라도 이웃에게 양해를 구하려는 듯. 아들이 우리나라에서 제일 좋은 대학교를 나왔는데, 일하던 반도체 공장에서 무슨 일인가 있었다고 했다. 그 후로 정신이 이상해졌다고. 그랬던 그들이 2년 만에 이사를 갔다. 골목은 언제 그런 이웃이 있었느냐는 듯 조용해졌고 그 때문인지 긴 골목의 방지턱을 지나는 배달 오토바이 소리가 더 크게 울렸다. 아내는 이제 좀 사람 사는 동네가 됐다고 말하면서도 그 집은 이사 가서 잘 지내고 있으려나, 종종 중얼거렸다. 송 씨도 이웃이 떠난 후에야 그들에 대해 더 생각하게 되는 게 이상하긴 했다. 아들이 공장에서 무슨 일인가를 당했다는 말에 대해서도. 아무튼 욕설과 고함을 듣지 않아도 된 건 다행이었다. 딸네는 사위가 승진했고 고등학생인 손자 손녀들은 중간고사에서 성적이 오른 모양이었다. 송 씨의 일흔다섯 번째 생일이 돌아오는 것도 딸은 축하할 일이라고 덧붙였다.

　오늘 6시에 송 씨 가족은 L호텔 2층 뷔페식당에서 만나기로 했다. 휴대폰을 작업복 조끼 주머니에 넣어둔 채로 왔지만 호텔 가는 길은 외우고 있으니 별일 없을 터였다. 좀 돌아가긴 해도 대방역에서 역삼동까지 한 번에 가는 버스가 있다는 게 다행이었다. 송 씨는 딸이 알려준 번호의 버스를 타고 창가에 앉아 출근 가방을 무릎에 올려두었다. 오늘따라 낡은 검정 가방이 묵직하게 느껴졌다. 허기도 졌다. 점심시간에 할 일이 있었다. 며칠 신경이 쓰인 일이었고 그걸 처리하느라 끼니를 놓쳤다. 오늘따라 사장이 나와 상가 건물을 한 바퀴 돌고도 뭐가 못마땅한지 비좁은 관리실을 지켰다. 사장이 더 오래 있었다면 송 씨는 저녁 타임 교대자와 30분 먼저 교대하지 못하고 또 가족을 기다리게 했을 것이다. 집에서 가까운 산책길에서 한 여성이 무차별 폭행을 당한 사건 이후로 가족들은 아침저녁으로 안부를 주고받곤 했다. 사장이 일찍 돌아간 일도 오늘은 다행이었다.

버스 기사는 진행자들이 전화 연결을 한 청취자가 노래를 한 소절 시작한 순간에 라디오를 꺼버렸다. 고향에 관한 노래라 송 씨도 가사를 잘 알고 있었는데. 저 기사도 고향에 뭘 두고 온 사람인가보네. 송 씨는 멋대로 상상했고 그러자 모르는 버스 기사가 조금은 궁금해졌다. 추분을 앞둔 때였다. 여름내 믿기지 않을 만큼 높았던 습도도 뚝 떨어졌고 적당히 선선했다.

구반포에서 청소년 두 명이 올라타 송 씨 자리 앞에 손잡이를 잡고 섰다. 헐렁한 쥐색 추리닝 바지에 티셔츠와 운동화. 손자 손녀도 그렇고 송 씨 눈에 요즘 학생들 옷차림이 다 비슷해 보였다. 라디오가 꺼져서인지 키가 껑충한 소년들의 웅얼거리는 목소리가 바로 들렸다.

"요즘 뭐 했냐?"

한 애가 친구에게 물었다.

"운동, 알바, 게임, 유튭, 애니."

요즘 애들은 두 글자로 말하는 모양이군. 송 씨는 속으로 웃었다. 손자를 만나면 이 얘기를 해줘야지. 운동,

알바, 게임, 유튭 애니, 송 씨는 그렇게 외우려고 했다.

"넌 뭐 했냐?"

다른 애가 친구에게 물었다. 송 씨는 창밖을 내다보며 귀를 세웠다.

"알바, 게임, 유튭 , 빨래, 간병."

"……누구?"

"엄마."

소년들은 말이 없었다. 간병한다고 말한 애가 뭘, 하면서 친구를 팔로 툭 쳤다. 송 씨는 버스 출입문을 보는 척하면서 그 애들을 슬쩍 봤다. 열일고여덟쯤 돼 보였다. 애들은 다시 이야길 시작했고,

송 씨는 어머니 생각을 밀어내려고 했지만 잘 되지 않았다. 짧은 투병 끝에 어머니는 10년 전에 돌아가셨다. 괜찮을 거다. 어머니는 늘 그렇게 말하곤 하던 사람이었다. 어떤 일이 생길 적마다, 누굴 만날 때마다 어머니는 젊어서도 늙어서도 그 말밖에는 할 줄 아는 게 없는 사람처럼 말했다. 괜찮을 거라고. 어머니가 돌아가시고 나서야 송 씨는 그 말에 전염성이 있을지도 모른다고 믿게 되었다. 그런데도 딸이나 아내, 사위에게도 막상 그 말을 한 번도 해보지 못했다. 한 번은 그가 골

목에서 쓰레기를 줍던 노부부에게 그 말을 하는 걸 들은 아내가 당신 안 하던 말을 하네요, 했다. 괜찮을 거라는 그 말은 자신의 귀에도 어쩐지 불가능하고 인생을 속이는 말처럼 들리는 건 사실이었다.

송 씨는 신논현역에서 하차했다. 이 근처에 호텔 말고 병원도 있나. 엄마가 입원한 병원에 간다던 애도 친구랑 그곳에서 하차해 건널목으로 성큼성큼 걸어가고 있었다. 송 씨는 병원 건물을 찾아 두리번거리다가 딸의 말을 기억해내고는 아이들과는 반대 방향으로 길을 잡았다. 호텔은 거기서부터 200미터. 20분이나 일찍 도착할 듯싶었다.

호텔 정문 안쪽에 검색대가 설치돼 있었다. 호텔 회전문을 통과하기도 전에 송 씨는 공연히 긴장되었다. 저 검색대 안쪽, 2층 식당에 이미 가족들이 와 있을 것이었다. 노란색 조끼를 입은 안전요원이 시키는 대로 송 씨는 출근 가방을 검색대에 내려놓고 통과했다. 순간 경고음이 울렸고 검색대 위쪽에 붉은 등이 쨍하게 들어왔다. 안전요원이 송 씨를 제지했다. 모니터를 살펴보던 직원이 가방을 열어봐야겠다고 했다. 직원이 가방을 열고, 송 씨 얼굴을 바라본 후 물었다.

"이게 뭡니까?"

아, 잊고 있었다. 가방에 망치가 들었다는 걸. 출근할 때 집에서 망치를 챙겨갔다. 검색대 직원들에게 송 씨는 낮에 한 일을 설명하려고 했지만 자신을 훑어보는 요원들의 표정에 숨부터 턱 막혀왔다. 안전요원은 식당에 있다는 가족에게 전화를 걸어보라고 했다. 송 씨는 휴대폰을 관리실에 두고 왔다고 더듬거렸다. 아내 전화번호가 가물가물했다.

안전요원은 이 호텔 뷔페에 온 게 정말 맞느냐고 재차 물었다. 송 씨는 고개를 끄덕였다. 그들은 그럼 망치를 두고 가라고 했다. 이건 폐기해야 한다고.

"이, 이 사람들이."

송 씨는 검은 장갑을 낀 안전요원이 흉물인 듯 취급하는 망치를 빼앗듯 손에 들었다. 헤드와 손잡이가 일체형인 스테인리스 망치였다. 무게가 가볍고 타수가 적어 값도 꽤 나가는데다 목수 일을 하던 때부터 아껴왔던 도구였다. 이 사람들 눈에는 원시적인 도구로 보일지 몰라도 무엇으로도 대체할 수 없는 공구가 망치라는 걸 아는 사람은 드물 것이다. 요원들이 앞을 막아섰고 송 씨는 뒤로 물러났다. 뒤가 바로 회전문이어서 송 씨는 밖으로 나갈 수밖에 없었다. 경적, 말소리, 음악 소리가 쏟아졌다. 송 씨는 거리의 소음에 잠시 몸을 내맡기고 있다가 처음 온 이 번화가에서 병원이 어디 있을지 두리번거렸다. 그 애는 제 엄마에게 잘 갔을까. 간병을 얼마나 더 해야 할까. 부족한 말로 가족을 지켜주었던 어머니라면 그 애에게 괜찮을 거라는 위로를 해주었을 텐데. 6시 30분이 지나고 있었다. 부끄러운 일을 한 것도 아니다. 여기서 물러서는 건 옳지 않다고 송 씨는 자신에게 말하곤 뒤돌아섰다. 검색대 안쪽, 2층 나선형 계단을 빠른 걸음으로 내려오고 있는 딸이 보였다. 딸은 뭐라고 급하게 손짓을 했다.

검색 요원들과 딸이 안쪽에서 이야기를 나누었다. 송 씨는 검색대 옆 통로를 통해 호텔 로비로 들어갔다. 엄마에게 들었어요, 뭐 하러 그런 일을 하시느라고⋯⋯. 딸은 말끝을 흐리며 송 씨의 팔을 부축하듯 잡았다. 딸에게 은은한 꽃 냄새가 났다. 혈기가 끓던 시절에 어린 딸에게 보여줘서는 안 되는 모습도 많이 보여줬다. 늙을수록 돌이킬 수 없는 후회들이 더 가슴을 눌렀다. 딸이 학교 일로 힘들어할 때도 괜찮을 거라는 말을 한 번도 해주지 못했는데. 오늘 이 호텔에서 가까운 컨벤션센터에서 무슨 국제회의가 열린다고 했다. 딸도 여기 와서야 알았다고. 외국에서 온 참석자들이 이 호텔에 투숙하는 모양이었다.

"여기 오는 동안 별일 없었지?"

송 씨는 2층으로 올라가는 계단에서 딸의 옆모습을 보며 물었다.

"아버지, 웬 한숨을 그렇게."

한숨이 아니라 큰 숨이라고 송 씨는 말해주고 싶었다. 이렇게 가족이 다 모인 게 안심이 돼서, 은행나무에 누가 박아놓은 못을 다 뽑아서. 송 씨는 점심시간에 그 일을 했다. 얼마 전부터 누군가 상가 건물 앞 오래된 은행나무에 못을 박아놓기 시작했다. 분풀이인지 분노인지 잘 빠지지도 않는 굵고 긴 나사못들을. 어젯밤에는 은행나무가 비명을 지르는 꿈을 꾸었다. 장도리로 애써 수십 개의 못을 빼내면서 송 씨는 누군가의 그 분노가 다른 데로, 사람에게로 향하지 않기를 바랐지만 최근에 일어나는 끔찍한 사건들을 보면 알 수 없는 일이었고 송 씨는 못을 뽑는 일, 그것도 사람의 일이라면 고작 그 정도밖에는 할 수 없게 될지 몰랐다.

금요일 저녁, 함께 밥을 먹기 위해 테이블에 빠짐없이 모여 앉은 가족들이 보였다. 송 씨는 다시 하늘에 계신 어머니를 생각했고 묵직한 가방을 내려놓으며 자리에 앉기까지 무언가를 위해 짧게 기도했다. ■

변기가 질주하오

김영민

○ **김영민**

서울대학교 정치외교학부 교수. 산문집 《아침에는 죽음을 생각하는 것이 좋다》, 인문교양서 《공부란 무엇인가》 《인간으로 사는 일은 하나의 문제입니다》 《인생의 허무를 어떻게 할 것인가》 《가벼운 고백》 등이 있다.

2023년 여름, 러시아는 여전히 우크라이나를 침공 중이었고, 주식은 좀처럼 오르지 않았고, 환율은 요동 쳤고, 감당하기 버거운 크고 작은 일들이 있었고, 나는 여전히 살아가고 있었다. 그리고 그에게 고백했다. 오랫동안 별러왔던 일이었다. 그림처럼 아름다운 나무 아래서 오랫동안 마음 두어온 상대에게 고백하는 것. 사랑한다고, 오랫동안 사랑해왔으며, 더 오랫동안 사랑할 거라고. 단물이 다 빠져도 당신을 퉤 내뱉지 않겠다고, 입속의 금니처럼 간직하겠다고. 큰 나무 그늘 밑에서 입을 맞췄다. 사람들이 보건 말건 아랑곳하지 않았다. 그의 어깨가 약간 떨렸던 것 같기도. 내 마음도 그만큼 떨렸던 것 같기도. "난생처음 키스하는 거예요." 탄생의 비밀을 알려주듯 말했다. 그가 더 떨리는 목소리로 대답했다. "난생처음 키스하는 사람과 키스하는 건 난생처음이에요."

이날을 결코 잊을 수 없는 이유는 그에게 키스하던 그 순간, 벌거벗은 남성이 무서운 속도로 내 옆을 지나갔기 때문이다. 한 명이 아니었다. 여러 명이 우르르 지나갔다. 마치 껍질이 벗겨진 바나나 다발처럼. 벗은 남자 몸을 본 적이야 있었지만, 길가에서 나체를 보기는 처음이었다. 달리는 나체를 보기는 처음이었다. 떼 지어 달리는 나체를 본 것은 처음이었다. 매사에 봐도 못 본 척, 알아도 모른 척하며 살아왔는데, 이번에는 그러기 어려웠다. 길가의 아이가 울음을 터뜨렸다. 13인의 어른이 벌거벗고 질주하오. 제1의 아해가 무섭다고 그리오.*

이들은 왜 벗고 질주하는 걸까. 달리기 동아리였던 걸까. 더웠던 걸까. 뭔가 입고 달리기에는 너무 더웠던 걸까. 더러웠던 걸까. 참고 있기에는 너무 더러웠던 걸까. 목욕탕으로 질주하고 있던 걸까. 옷을 입고 벗는 게

---

* 이상, 〈오감도(烏瞰圖)〉 중 일부.

귀찮았던 걸까. 옷을 벗은 상태로 그냥 대중탕까지 질 주하고 있던 걸까. 마지막 속옷을 당근에다 팔고 집으로 후다닥 돌아가고 있었던 걸까. 이 모든 게 아니라면, 그냥 폭력적이고 싶어졌던 걸까. 그냥 차분하게 미치는 데 실패한 걸까.

아니, 모든 게 정상이었는지도 모른다. 정상인답게 그냥 삶이 버거웠는지 모른다. 그래서 삶으로부터 도망치는 중이었는지 모른다. 인생 그 자체로부터 도망치는 중이었는지 모른다. 평생 쉬지 않고 먹이고 살려야 하는 자신으로부터 도망치는 중이었는지 모른다. 평생 달래주어야 하는 자아로부터 도망 중이었는지 모른다. 나를 돌보는 책임이 결국 나에게 있다는 준엄한 사실로부터 도망 중이었는지 모른다. 바보 같으니라고. 인생으로부터는 도망칠 수 없다니까. 버거운 인생으로부터 도망치는 데 성공하더라도, 도망 중인 인생으로부터는 도망칠 수 없다. 도망 중인 인생으로부터 도망치기 위해서는 도망치기를 그만둬야 하는데, 그러면 버거운 인생으로 다시 돌아가야 한다. 인생에 출구는 없다. 인생을 지켜야 한다.

그렇다면 저들도 자기 인생을 지키기 위해 누군가의

인생을 쫓아가고 있던 것이겠지. 누군가를 파멸시키고 있었던 중이겠지. 실제로 누군가 그들을 피해 도망치고 있었다. 헉헉헉헉. 정갈한 양복을 입고 필사적으로 도망치고 있었다. "거기 서라!" 벌거벗은 추적자가 소리쳤다. "싫다!" 옷 입은 도망자가 대꾸했다. "내놓아라!" 벌거벗은 바나나가 소리쳤다. "그럴 수 없다!" 옷 입은 도망자가 대꾸했다. 탁탁탁탁. 입은 자와 벗은 자의 거리는 점차 좁혀지고 있었다. 입은 자는 벗을 것이 있었고, 벗은 자는 벗을 것이 없었다. 입은 자는 잃을 것이 있었고, 벗은 자는 잃을 것이 없었다. 잃을 것이 있는 자는 빨리 움직일 수 없다. 입은 자의 발걸음을 느리게 만든 것은 변기였다. 그는 백자 달항아리처럼 희고 커다란 변기를 감싸 안고 도망치고 있었다. 혹시 변기를 달항아리로 착각한 걸까. 선비정신을 담은 값비싼 백자로 오인한 걸까. 아니, 그것은 변기였다. 그는 백색 소변기를 들고 필사적으로 도망치고 있었다.

햇빛 찬연한 여름날 백색 변기를 들고 한 사내가 질주하오. 달항아리 같은 변기가 질주하오. 뒤샹 1917년 프랑스의 예술가 마르셀 뒤샹*의 변기가 질주하오.

식은땀을 흘리며 질주하오. 그 뒤를 한 떼의 벌거벗

은 남자들이 질주하오. 13인의 벗은 어른들이 질주하오. (길은 막다른 골목이 적당하오.) 제1의 아해가 무섭다고 그리오. 제2의 아해도 무섭다고 그리오. 변기를 든 사내도 무섭다고 그리오.

무거운 변기를 든 사내는 이내 탈진하고 만다. 털썩 주저앉는 그 순간에도 그는 변기를 놓지 않는다. "안 돼, 그것만은!" 사내의 애원에도 불구하고 추격자들은 그로부터 변기를 뺏는다. "아, 안 돼, 그것만은!" 벌거벗은 추격자가 차갑게 선언했다. "이것은 하나의 변기일 뿐이다." 양복 입은 사내가 울부짖듯 외쳤다. "아니오! 이건 그냥 변기가 아니란 말이오! 이, 이건 예술품이오! 세계적인 예술품이오! 위대한 예술가 마르셀 뒤샹이 창조한 〈샘〉이라는 작품이오! 이 작품을 소장하기 위해 얼마나 큰돈을 썼는지 알기나 하오?"

"그래 봐야, 그것은 하나의 변기일 뿐이다." 벌거벗은 사내가 차갑게 말했다. "뒤샹이 도대체 뭘 했나. 그가

＊ 마르셀 뒤샹(1887~1968)은 남성용 소변기를 구입하여 'R. Mutt 1917'이라고 서명한 후 뉴욕의 전시에 출품한다. 그 작품의 전시는 성사되지 못했지만, '샘'이라는 이름의 그 변기는 현대미술의 걸작으로 인정받고 있다.

한 일이라고는 변기를 구입한 다음, 서명한 게 전부다. 그 변기를 보겠다고 지금 이 순간에도 전 세계 미술관으로 관객들이 방문하고 있다. 한갓 변기를 보기 위해! 변기를 예술품이라고 착각하고서!"

옷 입은 도망자가 대꾸했다. "현대 예술이란 원래 그런 거요! 미술관에 가보시오. 얼핏 보기엔 어처구니없는 것들로 가득하오. 잡동사니 같은 것들…… 그러나 그게 다 위대한 예술품이란 말이오."

옷 벗은 추적자가 말했다. "벌거벗은 임금님과 같은 거지. 누구나 임금님이 벌거벗은 줄 알고 있지만, 마치 옷을 입고 있는 것처럼 굴지. 임금님이 벌거벗었다! 이렇게 아이가 소리치기 전까지는. 누구나 이게 변기인 줄 알고 있으나, 변기가 아닌 것처럼 굴지. 오늘부로 선언한다. 이것은 하나의 변기일 뿐이다."

"뒤샹 이전에는 누구도 기성품을 가져다가 예술이라고 부르지 못했소. 뒤샹은 기성품도 예술이 될 수 있다는 상상을 처음으로 해낸 거요. 그래서 이 작품이 위대한 거요. 누구도 감히 하지 못했던 상상을 해내고 그것을 실천한 거요. 그게 바로 현대 예술의 핵심이오."

"그런 짓거리는 누구나 할 수 있다. 나도 집에서 쓰던 변기를 뽑아와볼까. 우리 집 변기도 함께 진열해라. 그러면 네 놈을 놓아주겠다."

"그렇지만 당신이 하기 전에 뒤샹이 이미 했지 않소? 예술가는 누구도 하지 않았던 일을 저지르는 사람이오. 당신 같은 인간들이나 예술품을 보고 나도 할 수 있다, 라고 궁시렁거리지. 나도 할 수 있다고 말하는 순간, 당신은 예술가가 아니란 말이오. 진정한 예술가는 그저 일을 저지를 뿐, '나도'라고 말하지 않소."

"누구도 하지 않았던 일을 해내야 예술가란 말이냐."

"그렇소. 모든 위대한 행위는 돌이켜보면 단순하기 짝이 없소. 그러나 누구도 감히 그 일을 저지르지 못할 때 처음으로 저지른 사람이 있소. 바로 그가 예술가요. 그런 사람에게는 보통 사람에게는 없는 창조적 담력이 있소."

"다, 담력이라⋯⋯."

"평론은 바로 그 담력에 대한 찬사요. 자, 들어보시오. 재래식 변소를 사용할 때 우리는 똥과 함께했소. 대소변을 볼 때마다 인간은 똥오줌을 싸는 존재라는 것을, 똥오줌과 더불어 산다는 걸 상기할 수밖에 없었지. 양변기를 사용하면서 인간은 자신이 똥오줌을 싸는 존재라는 사실을 쉽게 잊게 되었소. 물을 내리자마자 자신이 출산한 똥오줌이 순식간에 사라지니까. 이렇게 인간이 자신을 속이고 있었을 때, 뒤샹이 나타나 인간은 똥오줌을 낳는다는 것을 상기시킨 거요."

"그런 개소리가 펴, 평론이라니."

"평론이 있어야 작품이 인정받고, 인정받아야 미술관에 걸리게 되고, 미술관에 걸려야 누군가 보러 오고, 보러 와야 논문을 쓰고, 논문을 써야 학위를 받고, 학위를 받아야 취직이 잘되고, 취직이 되어야 번식도 잘되오. 번식이 되어야 주가도 오르고, 주가가 올라야 나 같은 사람도 미술관에서 일을 하게 된단 말이오. 이 모든 것을 위해 일단 작품이 있어야 하오."

"작품이 필요하단 말이냐."

벌거벗은 추적자들은 변기를 중심으로 둥그렇게 원을 그렸다. 그리고 합창하듯 소리쳤다. "이것은 하나의 변기일 뿐이다." 그리고 예식이라도 거행하듯, 일제히 그 변기를 향해 오줌 줄기를 내뿜기 시작했다. 오줌 줄기를 내뿜는 그들의 갈색 바나나 위로, 저기 저 잠자리 하나 살포시 내려앉는다. ■

마감 사냥꾼

김멜라

○ **김멜라**

2014년 단편소설 〈홍이〉로 《자음과모음》 신인문학상을 받으며 작품 활동을 시작했다. 장편소설 《없는 층의 하이쎈스》, 소설집 《적어도 두 번》《제 꿈 꾸세요》, 산문집 《멜라지는 마음》이 있다. 문지문학상, 이효석문학상, 젊은작가상을 수상했다.

길고양이의 날 선 울음이 들려오는 깊은 새벽, 침대에 누운 세오는 A 마트의 앱을 열었다. 방 안에는 까마득한 탄광 속을 비추는 광부의 헤드라이트처럼 세오의 휴대폰에서 새어나오는 조명만이 작은 빛 둘레를 만들었다. 옆에서는 이영이 고개를 젖힌 채 렘수면에 빠져 있었다. 환절기에 접어들며 날씨가 변덕을 부리자 이영은 부쩍 잠꼬대와 하지불안증이 심해졌다. 지금도 꿈에서 뭔가에 쫓기고 있는 듯 다리를 파르르 떨다가 흐엉 흐엉 기이한 신음을 냈다.

　"장어, 장어를 사야 해."

　세오는 현란한 엄지와 검지의 연속 동작으로 A 마트 앱을 끄고, B 사이트에 들어갔다. 자정이나 새벽에 마

감 세일 품목이 올라오는 B 사이트에서 장어를 사야
했다. A 마트에서는 기다리던 주꾸미를 세일했다. 이런
생물은 인기 상품이라 장바구니에 담아놓고 신들린 듯
결제 버튼을 눌러야만 겨우 행운의 문이 열렸다. 그야
말로 우연과 무작위가 뒤섞인 통신망의 홍수 속에서 황
금손의 강림이 필요했다.

"양배추, 양배추도 사고."

결연하게 다문 입술, 과하게 집중해 약간 풀린 듯한
눈의 초점, 금방이라도 솔솔 잠에 빠질 법한 자세로 누
워 세오는 지역 상품권 앱을 열었다. 주꾸미볶음에 들
어갈 양배추와 장어에 올려 먹을 생강도 사고 싶었다.
이미 마트별 가격 비교를 마친 세오는 양배추의 단위
가격은 '럭키 싱싱 마트'가 제일 싸다는 결론을 내렸다.
오프라인에서 물건을 살 땐 결제액의 7퍼센트를 할인
해주는 지역 상품권이 제격이었다. 그러나 명절을 빼고
1년에 두어 번만 발행하는 그 모바일 상품권이야말로
빛보다 빠른 터치와 대기 시간을 참고 버티는 끈질김이
요구됐다. 어림잡아 수만 명이 동시 접속하는 상품권 발
행일엔 다음 페이지로 넘어가는 것조차 버거웠다. 바로
내일이 상품권 발행일이었고, 세오는 그 시간에 맞춰 알

람을 설정해놓았다. 넋놓고 있다간 골든타임을 놓칠지도 몰랐다. 세오는 꼭 이영이 좋아하는 해산물로 몸보신을 해주고 싶었다.

한때는 세오도 찌개를 끓이다 다진 마늘이 똑 떨어지면 가까운 마트로 달려가 별 고민 없이 다진 마늘이 담긴 통을 집어 들었다. 퇴근길에 과일이 먹고 싶어질 때면 주인이 청록색 먼지떨이 채로 가판대를 정리하는 '딸부자 청과'에 들러 딸기나 복숭아를 정가 그대로 사곤 했다. 그런데 언제부터였을까. 세오가 다니던 상점들이 하나둘 사라지고, 양파 한 망을 사더라도 온라인마트 세 군데와 오프라인 가게의 가격을 비교하기 시작한 때가.

그즈음 세오는 코앞의 땅만 보며 길을 걸었다. 판매직으로 일하던 직장에서 나온 뒤 실업급여를 받으며 일자리를 찾던 시기였다. 옷은 입어보지 않고 살 수 있어도 신발은 꼭 신어보고, 걸어보고, 손으로 운동화 앞코도 눌러본 다음 사는 거라며, 사장은 자기네 지점이 망할 걱정은 없다고 했다. 사장의 말은 세오가 입사하고 딱 두 번의 분기까지만 옳았다. 사람들은 운동화를 직접 신어보고 샀다. 다만 공짜로 신어보는 곳과 돈 주고 사는 곳을 분리했을 뿐. 세상에 '비대면'이란 낯선 말이 휘몰아치자 그런 뜨내기조차 줄어들어 가게는 건물 임대료를 낼 수 없을 정도로 매출이 쪼그라들었다. 세오를 포함해 직원 셋을 내보낸 사장은 그 뒤로 한 번의 분기를 더 버티다 결국 폐업했다.

하지만 그때 세오가 보도블록에 드러누운 자신의 그림자를 밟으며 걸었던 건 고용 불안 때문이 아니었다.

"인간아, 이 터무니없는 인간아."

일자리야 어떻게든 다시 구하겠지만, 수년간 월급을 쪼개 긁어모은 적금과는 영영 작별이었다. S 전자 9층이라니, 거긴 세오가 할머니가 되어 초경량 효도화를 신기 전까지 오를 수 없는 높이 같았다.

"그래서, 몇 주 샀는데."

세오는 갈라지는 목소리를 애써 가다듬으며 물었다.

"좀 올랐어. 최악은 아냐."

이영은 눈을 내리깔며 동정심을 유발하려는 듯 어깨를 움츠렸다. 그 와중에도 입은 살아서 S 전자가 망할 일은 없다고, 그게 망하면 우리나라도 간판 내리는 거라고, 반도체는 미래의 핵심 기술이고, 얼마 안 가 우리 머릿속에도 칩 하나씩 넣을 날이 올 거라고 말했다.

"달러는 뭐야, 그래서 아침마다 환율 본 거야?"

세오는 이영이 무슨 생각으로 '알부자 씨드' 적금을 깨서 달러 통장을 만든 건지, 대체 무슨 약을 처먹었기에 손해만 뭉텅이로 보는 환치기를 시도한 건지, 자신은 한 푼이라도 아끼려고 할인 쿠폰을 받느라 밤잠을 설치는데, 너는 어떤 귀신에 씌었기에 이렇게 내 뒤통수를 친 건지, 조목조목, 멱살을 잡고, 따져 묻고 싶었다.

"우리나라는…… 휴전국이잖아……. 미사일 쏘고 그러면 안전자산이 오르지."

이영이 손톱의 거스러미를 뜯으며 말했다. 그 순간 세오는 차라리 정말 나라에 비상사태가 일어나 금융기관의 모든 시스템이 초기화되면 좋겠다는 불순한 생각을 품었다. 어째서 너란 인간은 당장 눈앞에 놓인 달걀값에는 무심하면서 70년간 일어나지도 않은 전쟁을 가정하며 내 가슴에 박격포를 쏘는 걸까. 어째서 나란 인간은 이런 덜떨어진 사람이 아직도 밉지만은 않은 걸까.

세오는 알았다. 이제껏 복권 한 장도 돈 낭비라며 안 사던 이영이 기질에도 안 맞는 주식과 외환 거래로 헛꿈을 꾼 건 다름 아닌 자신 때문이었다는 것을. 구직 사이트를 날마다 들락거리며 생필품을 조금이라도 더 싸게 사려고 조바심을 내는 세오를 위해 이영이 생각해낸 야망이고 욕심이었단 걸. 전쟁이나 파산 같은 극단적 불행을 떠올릴 만큼 이영도 삶이 불안했고, 그들의 처지는 갈수록 추락하고 있었다.

그때부터 두 사람의 가훈은 '현상 유지'가 되었다. 그들이 믿을 건 반도체 기술도, 기축통화도 아닌, 나가서 일할 수 있는 튼튼한 몸이었다. 자정마다 B 사이트에 업데이트되는 할인 제품을 샅샅이 뜯어보며, 세오는 어쩌면 자신이 이 기업의 소비자가 아닌 계약직 근로자가 될 수도 있다고 생각했다. 초주검이 될 정도로 힘들지만, 돈은 된다는 근무 후기를 읽으며 세오는 아랫입술을 잘근거렸다. 섣부른 투자 실패 후 이영이 벌어오는 급여는 죄다 세오의 통장으로 직행했다. 다행히 S 전자의 시세도 삼보일배하듯 힘겹게 오르고 있었다. 이영도 국내외 경제 뉴스를 두루 챙기며 '떡상'과 '떡락'의 파고에 떠밀려가지 않을 수 있는 투자의 기초 체력을 길러갔다. 그런데도 세오는 별안간 밀려드는 초조함에 가슴이 벌떡거렸고, 손에 틀어 쥐고 한 알씩 밀어올리는 묵주 알처럼 많이 살수록 싸지는 상품의 단위가격과 마감 세일에 매달렸다. 그들의 집은 시장이나 역세권과 멀리 떨어진 곳이었고, 가까운 마트들도 문을 닫았기에 온라인에서 승부를 볼 수밖에 없었다. 세오는 커피와 에너지 음료를 들이부어가며 웹 디자이너로 밤샘 작업하는 이영을 위해 영양식 만들기에 힘썼다.

"진통제 어딨지?"

그러나 한 달에 한 번 찾아오는 생리 주기엔 세오의 전투력도 휘청거렸다. 살 때도, 버릴 때도 한없이 마음이 무거워지는 식재료는 세오의 배란통을 기다려주지 않고 시시각각 시들거나 짓물러갔다.

"어제 내가 회사 가져가서 먹었어."

이영이 가방을 뒤적거리며 말했다.

"어제? 어제 시작했어?"

세오가 물었다. 이영의 배란 주기는 세오와 일주일 정도 차이가 났다. 두 사람은 그 일주일의 거리가 다행이라고 여겼는데. 그날은 둘 다 허리에 타이어라도 묶은 듯 하반신이 무거웠다. 그 주 내내 이영은 중고차 판매 사이트를 만드느라 잔업을 거듭했다. 작업을 의뢰한 곳은 '카프카에서 내 차 팔기'라는 다소 희한한 이름의 업체였는데, 이영은 집에 돌아와 진짜 카프카가 썼다는 글을 세오에게 말해주곤 했다. 폰트 아이디어를 떠올리며 인터넷에 '카프카'를 검색하면 그 사람의 글이 나온다고.

"솟구쳐 오르는 새를 보고 있으면 내 몸이 추락하는 기분이 든다*. 이거 우리 같지 않아?"

침대에 누운 이영이 세오의 허리를 안으며 말했다.

"물가가 오를수록 우린 떨어지잖아."

"어, 그러게."

옆으로 돌아누운 세오가 대강 답했다. 마침내 결전의 시간이 다가오고 있었다. 양배추와 햇생강, 오프라인 상점에서만 살 수 있는 종량제봉투 그리고 진통제. 앞으로 남은 사사분기의 가계 지출이 세오의 직감적인 스크롤과 터치에 달려 있었다. 세오는 또 심장이 발딱거리며 손금에 땀이 맺혔다. 진통제를 먹어서인지 속에서 역한 맛이 올라왔다.

"내일 장어 구워줄게. 모레는 주꾸미, 진짜 싸게 샀어."

---

* 이 구절은 카프카의 소설 속 문장인 "나는 눈으로 새들을 좇았으나, 단숨에 올라가버리는 모습을 보자 새들이 날아올라 간 것이 아니라 내가 떨어져내린다는 생각이 들었다"(〈국도 위의 아이들〉, 《프란츠 카프카》, 프란츠 카프카, 박병덕 옮김, 현대문학, 2020)를 변형한 것이다.

비어져 나오는 하품을 참으며 세오가 말했다.

"아무리 올라봐라, 우리 사이가 멀어지나."

이영이 세오의 등에 달라붙으며 말했다. 그러자 도저히 참을 수 없다는 듯 세오가 몸을 돌려 이영을 끌어안았다. 손에는 여전히 휴대폰을 꼭 쥐고 있었다.

그리고 그날, 세오는 지역 상품권을 살 수 없었다. 알람이 울렸지만, 세오는 잠에 빠져 듣지 못했다. 이영은 살그머니 세오의 손에서 휴대폰을 빼내 알람을 껐다. 그러고는 세오의 입가에 묻은 침을 닦아주고서 다시 연인의 품에 파고들었다. 상품권은 발행 개시 후 최단 시간 만에 매진되었고, 세오가 기다리던 주꾸미는 수량 부족으로 주문이 취소되었다. ■

낙인

정보라

○ **정보라**
1998년 연세문학상 소설 부문에 단편소설 〈머리〉가 당선되며 작품 활동을 시작했다. 소설집 《저주토끼》 《여자들의 왕》 《아무도 모를 것이다》 《한밤의 시간표》 《죽음은 언제나 당신과 함께》, 장편소설 《문이 열렸다》 《죽은 자의 꿈》 《붉은 칼》 《호》 《고통에 관하여》 《밤이 오면 우리는》 등이 있으며, 옮긴 책으로 《거장과 마르가리타》 《탐욕》 《창백한 말》 《어머니》 《로봇 동화》 등이 있다. 《저주토끼》로 부커상 국제 부문 최종 후보에, 전미도서상 번역문학 부문 최종 후보에 이름을 올렸다.

인공지능 타투 기계가 사람의 팔을 태웠을 때 책임은 누가 져야 하는가. 그것이 소송의 요점이다. 소송은 현재 2년째 끌고 있으며 근시일 안에 끝날 가능성이 보이지 않는다. 사람이 시술했다면 이런 일이 일어나지 않았을 것이라고 나는 몇 번이나 생각했다.

그러니까 내가 이른바 '인공지능 문신시술'에 대해 알게 된 것은 어느 SNS 광고를 통해서였다. 신제품 디지털 타투 기계 판매 광고였는데, 제거제를 사용하면 문신을 지울 수 있다는 부분에서 귀가 솔깃해졌다. 그래서 나는 광고를 재생시켰다. 판매사에 따르면 타투 기계에 무선 인터넷 연결 장치가 탑재되어 있어서, 생성형 인공지능을 이용하여 누구나 원하는 디자인을 스스로 만들어 시술할 수 있다고 했다. 동영상 광고 안에서는 모델이 귀여운 색색 가지 디자인을 만들어 팔에 찍은 뒤 타투 제거제를 발라 문질러 타투를 지우고, 다른 디자인으로 또다시 타투를 만들어 팔에 찍으며 활짝 웃었다. 제거제는 별도 판매였고 가격은 타투 기계 본체 가격에 육박했다.

어쨌든 그래서 나는 디지털 타투 기계를 주문했다.

문신을 그리는 데까지는 아무 문제가 없었다. 생애 첫 타투 디자인 시도는 그다지 마음에 들지 않았다. 그래도 생전 처음이니 기념 삼아 나는 생성형 인공지능이 내 주문을 듣고 만들어준 디자인을 팔에 찍어보았다. 아주 조그만 여러 개의 바늘이 피부를 따끔따끔하게 긁는 느낌이었다. 인공지능은 내가 지정한 색깔을 내가 원하는 색감으로 배합해주었으며, 조그만 타투 기계는 디자인의 세부적인 모서리와 작은 줄이나 점까지 의외로 꽤나 선명하게 피부에 새겨주었다. 처음으로 시도해본 디지털 타투를 감상하다가 나는 다른 디자인을 만들었다. 그리고 첫 타투를 지우려고 함께 배송되어온 타투 제거제를 꺼내 발랐다.

팔이 타기 시작했다.

비유적인 표현이 아니다. 피부 위에 그려진 타투 잉크에 제거제를 문질러 바르자 잉크가 녹으며 팔에서 뭐라 말할 수 없는 냄새가 나기 시작했다. 나는 급히 화장실로 가서 물을 틀고 수도꼭지 아래에 팔을 들이밀었다. 흐르는 물을 타고 타투 잉크와 제거제가 더 넓게 퍼졌다. 팔의 피부가 계속해서 선홍색으로 부어오르다가 점점 더 비인간적인 자줏빛을 띠어갔다. 나는 공포에 질렸다. 병원에 가야겠다는 다급한 생각과 병원 가는 길에 팔이 타서 떨어져나갈 것이라는 확신이 머릿속에서 동시에 솟아올라 부딪쳤다. 찬물을 더 세게 틀고 팔뚝을 비누로 씻어내자 비누 거품과 함께 살 껍질이 떨어져나왔다. 나는 비명을 질렀다.

나중에 피해자 모임에 나가보니 이런 경험은 나만 한 것이 아니었다. 팔이나 다리에 피해를 입은 사람이 많았지만 발등이나 귀 뒤쪽 등 피부가 얇고 민감한 부위를 다친 사람도 있었다. 타투 잉크와 제거제 성분이 섞이면서 화학반응을 일으켰기 때문이라고 했다. 타투 잉크 자체는 문제가 없고, 제거제도 그 자체 성분만으로는 문제가 없는데, 여러 색깔을 내기 위해 타투 잉크를 기계 안에서 배합하고, 그 과정에서 열이 발생하고, 거기다가 제거제를 섞으니 피부를 부식시키게 되었다는 것이었다. 애초에 이럴 가능성이 있을 것 같으면 사람 피부에 이런 성분을 사용하면 안 된다고, 피해자 모임에서 초청한 피부과 의사가 분개했다. 우리는 물론 경찰에 신고했다. 당연히 수사 과정은 쉽지 않았다.

문제의 염료를 제조한 업체와 판매한 업체가 각각 달랐다. 그리고 양쪽 업체 모두 처음 들어보는 외국에 있었다. 그 염료를 사다가 타투 기계 안에 넣은 업체는 또 다른 외국에 있는 또 다른 회사였다. 그렇게 조립된 타투 기계를 국내에서 판매한 업체는 또 따로 있었다. 내가 보았던 동영상 광고는 그런 광고만 만들어주는 전문업체에서 제작했다. 광고제작사에서 알려준 타투 기계 판매업자 연락처는 대포폰이었다. 경찰이 판매업자를 찾아내는 데만 거의 1년이 걸렸다. 판매업자는 타투 기계를 정식으로 수입한 게 아니었다. 통신판매업 신고도 하지 않고 세관 신고도 없이 대충 배에 물건을 실어다가 동영상 광고를 통해 홍보하고 택배 배송해서 팔고 문제가 생기면 동영상 다 내리고 도망치는 이른바 '보따리 장수'였다.

"도대체 문신 같은 걸 왜 했습니까?"

경찰 수사 과정에서도, 피해자 모임을 찾아가고 변호사를 선임하고 소송을 진행하는 과정에서도 나는 이 질문을 가장 많이 들었다.

"도대체 그런 걸 왜 했어?"

가족과 친구들이 답답해하며 물었다.

"애초에 문신을 안 하면 되잖아?"

피해자 중에는 타투 아티스트가 여러 명 있었다. 새로운 종류의 기기를 사용해서 더 폭넓은 디자인을 시도해보고 싶었다고 그들은 말했다. 타투 잉크를 지울 수 있는 제거제가 어떤 것인지도 알아보고 싶었다고 했다. 타투 전문가들은 모두 자기 자신에게 기계를 직접 사용해보았다가 피해를 입었다.

"이런 게 걱정돼서 손님한테 함부로 사용할 수 없다고요."

매우 짧은 분홍색 머리카락의 타투 아티스트가 낮은 목소리로 말했다.

"제대로 교육받은 인간 타투 아티스트가 그냥 보통 쓰는 타투 기계로 시술했으면 이런 일 안 생기죠."

타투 아티스트의 분홍색 머리카락 아래 목덜미 피부
가 벌겋게 녹아 벗겨져 있었다.

경찰은 냉소적이었다. 한국에서 비의료인의 문신 시
술은 불법이었다. 법집행기관의 관점에서 보기에 피해
를 입은 타투 아티스트나 불법 타투 기계를 들여와서
판매한 보따리 장수나 똑같은 범법자들이었다. 불법 문
신 시술이 이 사건과 직접 관련이 없다는 사실을 우리
는 몇 번이나 설명했지만 대체로 소용없었다. 불법 판
매상이 허가받지 않은 기계에 검증되지 않은 염료를 넣
어 성분을 알 수 없는 제거제와 함께 판매했기 때문에
소비자가 피해를 입었으며, 그러므로 해당 기계와 염
료, 제거제에 대한 단속이 필요하다는 사실을 알리기
위해 피해자 모임은 열심히 노력했다. 그리고 우리는
이전에 들었던 똑같은 비아냥을 계속 들었다.

"그러게 누가 문신 같은 걸 하래?"

문제적 타투 기계의 동영상 광고 속에서 모델은 왼쪽
팔뚝 안쪽에 문신을 찍고 지우고 또 새로 찍었다. 왼쪽
팔뚝 바로 그 자리에 나는 크고 넓은 흉터가 있다. 어렸
을 때 가스레인지 위에서 끓는 냄비 손잡이를 실수로
잡아당겨 팔뚝 전체에 화상을 입었다. 오래돼서 지금은

흉터가 많이 옅어졌지만 가까이서 보면 피부가 울퉁불퉁하고 피부 색깔도 팔의 나머지 부분과는 다르다. 짧은 소매를 입으면 밖으로 드러나는 위치라서 언제나 나도 모르게 신경을 쓰면서 살아왔다.

내가 문신에 관심을 가지게 된 이유도 흉터 때문이었다. 흉터도 내 몸의 일부니까 제거하거나 가리기보다는 예쁘게 꾸미고 싶다는 생각을 종종 했다. 화상 치료의 고통스러운 기억과 병원에서 돌아오는 길에 엄마가 울던 모습과…… 그런 기억들을 뿌리치지 않고 흉터와 함께 내 어린 시절의 일부로 받아들이고 싶었다.

"우리 애는 그냥 궁금해서 해봤대요. 친구들하고."

피해자 모임에 자녀 대신 참석한 중년 아저씨가 말했다.

"그냥 궁금해한 게 그렇게 죽을죄입니까? 애 피부가 녹아서 홀랑 벗겨질 정도로 잘못이에요?"

생각해보면 나도 그랬다. 그냥 궁금해서, 그리고 지울 수 있다고 하니까, 그래서 믿고 구매했다. 그게 그렇게까지 잘못인지 생각하기 시작하면 여러 가지 감정이 솟아올라 복잡해졌기 때문에 깊이 생각하지 않으려 애썼다. 원래 흉터가 있던 왼팔은 더 큰 흉터로 덮였다.

나는 아주 오래전 어린 시절에 했듯이 화상 전문 병원에 가서 죽은 피부를 벗겨내는 치료를 받는다. 굉장히 아프다. 그리고 SNS 계정에는 끈질기게 조롱하는 댓글이 달린다.

—그러게 누가 문신 같은 걸 하래?

"다 나으면 내가 공짜로 해줄게요."

피해자 모임에서 친해진 타투 아티스트가 호언장담한다.

"공짜는 안 되지, 피해보상금 받아야지."

중년 아저씨가 받아친다.

피해보상금 같은 걸 받는 날이 우리 평생에 과연 올지는 알 수 없다. 치료가 너무 아프고 비싸고 사방에서 들리는 조롱과 냉소가 괴로우니까 우리끼리 서로 위로하는 것이다. 그러나 나는 조금씩 새살이 돈아가는 팔뚝을 보면서, 완전히 나으면 정말로 문신을 해야겠다고 결심한다. 이런 일을 겪고도 회복했다는 증명을 몸에 새기고 싶다. 그때는 인간 타투이스트에게 부탁해서, 안전하게 시술받을 것이다. ■

산도깨비

구효서

○**구효서**

1987년 중앙일보 신춘문예에 단편소설 〈마디〉가 당선되며 작품 활동을 시작했다. 장편소설 《늪을 건너는 법》《동주》《랩소디 인 베를린》《나가사키 파파》《비밀의 문》《라디오 라디오》《새벽별이 이마에 닿을 때》《옆에 앉아서 좀 울어도 돼요?》《빵 좋아하세요?》《통영이에요, 지금》, 소설집 《웅어의 맛》《아닌 계절》《별명의 달인》《저녁이 아름다운 집》《시계가 걸렸던 자리》《아침 깜짝 물결무늬 풍뎅이》, 산문집 《인생은 깊어간다》《인생은 지나간다》《소년은 지나간다》가 있다. 이상문학상, 한국일보문학상, 이효석문학상, 황순원문학상, 대산문학상, 동인문학상 등을 수상했다.

"딱 좋아, 딱 좋아."

기분이 좋을 때 노영필 씨가 하는 말입니다. 지금처럼 산을 오를 때는 딱이라는 말에 맞춰 손뼉까지 딱딱 칩니다. 손뼉을 치면 장 기능이 강화되고 당뇨합병증도 예방된다고 굳게 믿습니다. 중풍과 치매에는 달걀 박수, 혈액순환에는 먹보 박수가 좋다며 노영필 씨는 친구들에게 열두 가지에 이르는 박수법을 가르쳐주기도 합니다.

그렇습니다. 노영필 씨는 건강에 관한 것은 물론이요 드론 같은 무인 멀티콥터라든지 해송과 진백나무 분재, 그리고 이안 반사식 카메라에 이르기까지 두루 해박합니다. 무엇에든 꽂히기만 하면 기어이 남들보다 먼저 전문성을 획득해야 직성이 풀리는 사람. 그가 바로 올해 나이 예순셋의 노영필 씨입니다. 지금은 그가 꿈같은 노년을 보낼 보금자리를 찾기 위해 영월의 시루산을 오르는 중입니다.

"무슨 좋은 일이라도 있으신 모양입니다."

중년의 일행이 그의 곁을 지나쳐 산길을 오르며 인사를 건넸습니다.

"좋다마다요. 이 산빛, 저 하늘, 산뜻한 공기가 얼마나 좋습니까."

그가 힘차게 대답했지요. 물론 날이 맑고 바람은 부드러웠으며 하늘은 높았습니다. 그러나 그가 좋다고 중얼거렸던 이유는 그뿐만이 아니었습니다. 드디어 아내에게서 자유로울 수 있게 되었기 때문이었습니다. 아내가 그동안 그를 속박했었느냐 하면 그건 아니었습니다. 노영필 씨는 금융 관련 공공기관에서 줄곧 성실성과 능력을 인정받으며 정년에 이르렀고, 그의 아내는 가장으로서의 노영필 씨의 책임감과 수고를 잊지 않았습니다. 다만 퇴직 후의 산중생활에 대해 아내는 회의적이었습니다.

"생각 같지 않을 텐데……. 게다가 나이 들어서 자꾸

늙어가는데 병원도 문화시설도 없는 산골에서 어쩌려고요."

아내는 걱정이었던 거죠, 속박이 아니라.

"산골이 아니라 산기슭이라잖소. 나 건강한 거 당신 몰라서 하는 소리요? 공기 좋은 곳에 살면 몸이 더 좋아져요. 그리고 자연만 한 문화시설이 어디 있겠소? 전원이라니까, 전원생활."

실은 모든 것을 내려놓고 쉬고 싶었습니다. 이젠 그럴 나이도 되었고 자격도 있다고 생각했지요. 노영필 씨는 성실하고 책임감 있는 사람이었지만 그만큼 평생 제대로 쉴 수 없었던 것도 사실이었습니다. 바위를 지고 끝없이 산을 오르는 시시포스와 같다는 생각을 안 하지 않을 수 없었지요. 정상에 올랐나 싶으면 어느새 바위는 굴러떨어지고, 애써 다시 지고 오르면 또다시 굴러떨어지곤 하던 고단한 삶이었습니다. 하여 틈날 때마다 노영필 씨는 노래까지 불러가며 아내를 설득했습니다. 산에는 꽃이 피네. 꽃이 피네 피네. 갈 봄 여름 없이 꽃이 피네…….

그러다 결국 며칠 전 아내와 타협에 이르게 되었습니다. 노영필 씨가 바라던 이상적인 결론은 아니었습니다만 어쨌든 노영필 씨는 자연의 품에 안겨 사는 꿈을 이루게 되었습니다. 아내는 서울에 남고 노영필 씨 혼자 일단 산중생활을 실행에 옮겨본다는 계획이었지요.

마침 노영필 씨는 평소 알고 지내던 대학 선배에게서 산중생활 20년 차 베테랑인, 일명 시루산 산신령이라는 사람을 소개받았습니다. 그 산신령으로부터 계곡 옆 집터가 하나 났으니 얼른 와보라는 전갈을 받고 급히 가는 중이었습니다.

"조심해요. 산도깨비 같은 거에 홀리지 말고."

아침에 집을 나서는데 아내가 말했습니다.

"벌건 대낮에 도깨비는 무슨."

"당신 모르는 모양인데, 산에는 낮에도 도깨비가 산대요. 그거에 홀리면 혼자 길을 잃고 막 헤매다가 가시에 몸이 찔리고 넘어지고 그런대."

"재수 없는 소리를 하고 그래."

도깨비는커녕 날만 쨍쨍 좋고 하늘은 눈부실 정도로 맑았습니다. 그러고 보니 아내라는 존재에게서 한번 벗어나보는 것도 나름 해볼 만한 일이라는 생각이 들었습니다. 노영필 씨는 이래저래 좋아서 다시 손뼉을 치며 외쳤습니다.

"딱 좋아, 딱 좋아."

그러나 좋은 감정은 오래가지 못했지요. 시루산 산
신령이라는 사람을 만나면서 어딘가 자꾸 켕기는 마음
이 생겼던 것입니다. 산신령의 옷차림이 초라했기 때문
일까요. 초라하다기보다는 남루할 지경이었습니다. 하
지만 몸은 꼿꼿했고 피부는 반질거렸습니다. 탄력 있는
목소리와 형형한 눈빛은 노영필 씨보다 외려 10년은
더 젊어 보였습니다. 그의 장작 패는 기세야말로 노영
필 씨가 꿈꾸어오던 모습이었습니다.

집이라기보다는 움막에 가까운 산신령의 어두운 거
처 안으로 들어섰을 때 노영필 씨는 어째서 켕기는 마
음이 생겼는지 알게 되었습니다. 살림이 구차한 것은
그렇다 치더라도 깔끔한 노영필 씨로서는 정신이 없을
정도로 실내가 어지러웠으니까요. 글음으로 시커먼 편
수 냄비와 대바구니, 재 묻은 삼태기, 소나무 삼발이,
도끼와 물동이들이 제멋대로 널브러져 있었지요. 심지
어는 바깥의 나무뿌리가 움막 흙벽을 뚫고 부엌 안으로
뻗어 들어오고 있었습니다.

"산신령님께서는 거처를 오랫동안 비우셨던 모양입
니다."

노영필 씨는 에둘러 물었습니다. 산신령이 그럴 줄 알았다는 듯 허허 웃고 말했습니다.

"거처를 비우긴요. 함께 이들처럼 사는 거지요. 이들 안에 들어와 신세를 지며 사는 거니까요. 사람의 질서로 이들을 밀어낼 수는 없는 거 아니겠어요? 밀려나지도 않아요. 그러니 이들 법을 따라야지요."

알 듯하면서도 모를 말이었습니다. 산신령이 말하는 이들이란 대바구니와 삼태기를 뜻하는 것인지, 굴참나무와 쪽동백을 지칭하는 것인지, 아니면 숲과 하늘과 바람을 말하는 것인지 모호했으니까요. 그러다가 노영필 씨는 그만 기겁을 하고 말았습니다. 온몸이 얼음처럼 굳어버렸습니다. 흙벽을 뚫고 들어온 것이 나무의 뿌리인 줄만 알았는데 그것이 꿈틀 움직였던 것입니다. 어째서 노영필 씨가 새파랗게 질린 건지 산신령이 모를 리 없었지요. 산신령은 부뚜막 위에 놓여 있던 쪽빛 열매 몇 개를 집어 아궁이의 불 속에 무심히 툭 던져넣었습니다. 알싸한 열매 향이 퍼지자 꿈틀거리던 나무뿌리가 움막 바깥으로 천천히 기어나갔습니다.

"흑질황장이에요. 독 없는 뱀이니 걱정할 거 없어요."

아무래도 이건 아니다 싶어 노영필 씨는 진저리쳤습

니다. 전원생활에 대한 꿈을 영영 접어야 할지도 모르겠다는 생각이 굴뚝같아졌습니다. 산신령이 소개해주는 계곡 옆 집터를 보는 둥 마는 둥 하고 도망치듯 서둘러 하산했습니다.

한참을 걸어내려왔습니다. 그런데 이상하게도 올라갈 때보다 시간이 더 걸리는 것 같았습니다. 노영필 씨는 걸음을 멈추고 잠시 바위에 앉아 숨을 돌렸습니다. 그러다가 놀라운 광경을 보았지요. 서둘러 떠난 계곡 옆 그 집터가 바로 눈앞에 있었던 것입니다. 내려간다고 산을 내려갔지만 떠난 그 자리로 되돌아온 것이었습니다. 노영필 씨는 계곡 옆 집터를 외면하고 다시 일어나 걷기 시작했습니다. 한 시간 정도를 정신없이 걸어내려갔지요. 그리고 숨이 차 잠시 또 걸음을 멈추었습니다. 노영필 씨는 엉엉 울어버리고 싶었습니다. 다시 계곡 옆 그 집터로 돌아와버리고 말았으니까요.

"여보, 나 아무래도 산도깨비에 홀린 것 같아."

아내에게 전화를 걸었습니다.

"그러게 내가 뭐랬어요. 전원생활 꿈이 과하다 했더니."

"과하다니?"

"당신의 전원이라는 게 몽땅 도시에 얌전히 앉아서 꾼 꿈이잖아요. 그런 데가 세상에 어디 있다고. 이제부터 다시 제대로 꿔봐요."

"제대로?"

"그래요. 내려놓을 거면 제대로 한번 내려놔보라고요."

듣고 있자니 아내도 산신령 같다는 생각이 들었습니다. 하늘도 숲도 바람도, 비웃는 건지 딱하게 여기는 건지 푸르고 부드럽게 노영필 씨를 감쌌습니다. 평생 짐을 지고 산을 오르던 시시포스도 고단했지만, 짐을 내려놓으려 산을 내려가는 시시포스도 그만큼 쉽지 않다는 것을 노영필 씨는 하늘과 숲과 바람의 속삭임으로 어렴풋이 알아차렸습니다. 비운다 비운다 하고 실은 또 다른 헛된 꿈으로 채워가고 있었다는 것을 말입니다.

"이제 어떡하지?"

노영필 씨가 물었습니다.

"콧등에 침을 세 번 바르며 기도해요. 다시 이곳에 제대로 돌아오겠습니다아, 하고요."

아내의 음성이 신령한 산울림처럼 들렸습니다. ∎

그 아이

손원평

○ **손원평**

2016년 장편소설 《아몬드》로 창비청소년문학상을 수상하며 작품 활동을 시작했다. 장편소설 《서른의 반격》《프리즘》《튜브》, 소설집 《타인의 집》, 어린이 책 시리즈 《위풍당당 여우 꼬리》 등이 있다. 장편영화 〈침입자〉 및 다수의 단편영화 각본을 쓰고 연출했다. 제주4·3평화문학상, 《씨네21》 영화평론상을 수상했다.

길게 늘어선 행렬의 끝이 안개에 가려 보이지 않았다. 영하 9도. 기후 위기에 전 세계적 전염병이 더해진 서울의 어느 가을 아침 풍경은 가히 소리 없는 전투를 방불케 했다. 모두들 추위 속에 내뿜는 입김이 뜨거운 증기처럼 사납게 퍼져나갔다.

수민은 당당히 그 줄의 일곱 번째에 자리하고 있었다. 애매했다. 뒤로 끝없이 이어진 줄을 보면 분명 선두에 속한 건 맞는데 안정권은 아니었다. 곰처럼 두텁게 껴입고 핫팩으로 무장을 했지만 새벽 2시부터 여덟 시간째 야외에 서 있는 건 쉬운 일이 아니었다. 옷 안으로 파고드는 엄혹한 냉기에 오한이 났다. 손이 시려워 휴대폰을 들고 있을 수도 없어서, 온갖 상념이 스쳐지나가고 더는 떠올릴 게 없어진 머릿속으로 구구단까지 외며 시간을 때웠다. 자신보다 값어치 있는 물건을 얻기 위해 시간과 육체를 쓴다는 사실이 이보다 더 실감날 수는 없을 것 같았다. 그나마 아직까진 로봇으로 대체될 수 없는 일이라는 사실에 만족해야 하나? 현재 시각 10시 28분. 진정한 승부는 2분 후 시작된다. 수민은 두 주먹을 불끈 쥐고 경기 직전의 선수처럼 가볍게 발을 굴렀다.

전염병이 휩쓴 세상에는 다양한 목소리가 공존했다. 한쪽에선 경기가 어렵다는 아우성이 터져나왔지만 어떤 이들에겐 느껴지지 않는 현실이었다. 주식시장은 10년 만의 호황기를 맞았고 가상화폐로 재미를 본 사람들은 더 좋은 지역으로 이사를 가거나 건물까지 사들이는 경우도 있었다. 대박을 경험하지 못하더라도 안정적인 회사에서 잠자코 월급쟁이 신분을 유지하는 이들 역시 위기에 대한 체감은 크지 않았다. 가장 운이 없는 건 수민 같은 부류였다. 그러니까, 하필 코로나 직전에 다니던 회사를 박차고 나와서 자신의 꿈을 찾아 몸을 날린 경우 말이다. 따지고 보면 소박한 꿈이었다. 그동안 성실하게 모은 돈으로 여행을 하고 늘 꿈꿔왔던 작은 가게를 차리기에 더없이 좋은 때라고 생각했다. 꿈은 절망의 씨앗이라고 왜 아무도 말해주지 않았을까.

　그런데 절망은 또 다른 누군가에겐 맘대로 해외에 나가지 못하고 맘껏 돈을 쓸 수 없는 상황을 뜻하기도 하는 모양이었다. 해외로 나가는 발길이 묶이고, 가시적으로 전시할 수 있는 자랑거리들에 제한이 걸리자 명품 시장은 보복 소비라는 말 아래 날로 비대해졌다. 보복 소비라는 말을 들을 때마다 수민은 그 말을 만든 사람에게 보복하고 싶었다. 보복할 게 없어서 돈으로 뭔가를 보복하다니, 이보다 더 상대적 박탈감을 유발할 수 있는 말이 있을까 싶었다. 그러나 그 세계는 분명히 실재했다.

　타인의 화려함을 바라보며 가라앉는 기분의 끝이 어디인지 확인이라도 하듯 명품거래 사이트를 들락거리던 수민은 재미난 알바가 있다는 사실을 알게 됐다. 명품숍에 들어가기 위해 새벽부터 백화점 앞 대기 줄의 선두에 서서 구매를 대행해주는 아르바이트 자리였다. 원하시는 제품 무조건 가능. 수민이 큰 기대 없이 올린 글에 전화를 걸어온 의뢰인의 목소리는 젊다 못해 어렸다. 원하는 가방의 제품명과 상세 사항을 말하던 의뢰인이 통화 말미에 덧붙인 말은 간절했다.

"그 아이, 정말 꼭 데려오셔야 해요!"

수민은 알겠다고 했다. 세상엔 여러 종류의 간절함이 있는 법이니까. 그리하여 돈은 많고 시간은 없으며 추위가 싫은 의뢰인을 위해 돈은 없고 시간은 많고 추위는 싫지만 어쩔 수 없는 수민이 오늘 이 자리에 서 있다.

폰의 위성 시계가 10시 30분을 가리키자마자 거대한 성문이 열리듯 백화점 문이 개방됐다. 사방에서 들려오는 작은 포효 소리가 진짜인지 착각인지 헷갈렸다. 언제였더라. 이런 함성을 영화 속에서도 본 기억이 분명히 있었는데. 근육질의 미국 남자 배우가 아들을 위한 크리스마스 선물을 사기 위해 고군분투하는 영화였다. 매진된 인기 장난감을 사기 위한 부모의 사활을 그린 영화가 말하고자 하는 건 따뜻한 가족애였다. 수민의 처지에 비하면 몹시 사치스러운 주제였다. 이건 사활이 걸린 일이었다.

일렬로 입장한 사람들의 대열은 이미 흐트러져 있었다. 이제부터는 달리기 실력과 정보의 전쟁이었다. 지하에서 올라오는 사람, 비상구 문을 열고 등장하는 사람, 백화점과 연결된 통로에서 뛰어내려오는 사람 등등, 거대한 먹이를 향하는 개미 떼처럼 여기저기서 사람들이 튀어나왔다. 수민은 필사의 힘을 다해 미리 숙지한 동선을 따라 달려나갔다. 그리고 마침내, 매장에 들어섰다.

수민은 헐떡거리는 숨을 진정시키며 손에 낀 반지가 잘 보이도록 괜히 머리카락 끝을 쓸어내렸다. 의뢰인이 어젯밤 친히 퀵으로 보내온 신용카드에 동봉된 반지였다. 되도록 잘 보이게 껴주세요. 어쩌다 들른 뜨내기가 아니라 브랜드에 애정을 비춰온 충성 고객이라는 걸 증명해야 하니까요. 수민은 의뢰인의 메시지를 상기하며 자신에겐 조금 헐거운 반지를 만지작거렸다. 수민의 옆으로 따라붙은 직원이 물었다.

"찾으시는 제품 있으세요?"

수민이 상품명을 말하자 직원이 먼 곳을 보더니 안타까운 눈빛을 보냈다.

"딱 하나 있기는 한데, 저분이 먼저 가져가셨네요."

다른 직원이 금색 머리핀을 한 여자에게 가방을 건네고 있었다. 여자의 얼굴에 미소가 번지는 걸 보자 수민의 가슴은 철렁 내려앉았다. 눈앞에서 사냥감이 다른 사람의 입으로 들어가는 모습을 보듯 말 그대로 속이 쓰렸다. 목숨 걸고 잡아와야 하는 사냥감을 놓쳤다. 몇 개의 숫자들이 허망하게 사라졌다. 이달의 방세와 휴대폰 요금을 채워줄 숫자들. 수민은 하는 수 없이 의뢰인이 차선으로 말한 제품의 이름을 댔으나 그것 역시 재고가 없었다. 몇 개의 숫자들이 더 사라졌다. 밥값과 최소한의 과일을 사 먹을 돈. 이러다간 아무것도 얻게 되지 못할 확률이 점점 더 커지고 있었다.

신이시여. 어딘가에 존재하신다면 제발 제게 자비를 베풀어주시죠. 수민이 협박하듯 속으로 뇌까린 순간 신은 긍휼히 모습을 드러냈다. 정확히 말하자면 누군가의 신분증을 감추는 방식으로 말이다.

"신분증 없으시면 곤란하세요."

직원의 단호한 말에 금색 머리핀 여자가 새된 소리를 냈다.

"분명히 갖고 왔는데 없어졌다니까요. 그냥 해주세요, 저 여기서 한두 번 산 게 아닌데."

"규정이라서요."

간결한 직원의 말투는 근엄하기까지 했다. 여자는 태세를 바꾸더니 허둥지둥 말을 이었다.

"그럼 잠깐 맡아두시는 동안 다른 신분증 가져오는건요? 코앞이라 바로 올 수 있는데. 아, 저 여권 사진 스캔본 있어요! 그건 안 되나요?"

"실물 신분증만 가능하세요. 대기는 처음부터 다시 서주셔야 합니다. 그런데 아…… 오늘 대기가 이미 마감됐네요."

직원이 뜻 모를 웃음을 지으며 입소리를 냈다. 이 순간, 이 공간에서만큼은 아무리 돈이 많아도 직원, 아니 절대 권력의 셀러님이 물건을 내어주지 않으면 아무것도 가져갈 수 없었다. 결국 여자는 울상을 지으며 물러섰다. 수민은 조마조마한 심정으로 그 옆을 딱 지키고 서 있다가 여자가 걸음을 떼자마자 입을 열었다.

"저요! 제가 가져가도 될까요?"

이미 수민의 손엔 준비된 신분증과 의뢰인의 신용카드가 들려 있었다. 직원이 자비롭게 고개를 끄덕였다. 멀리, 저 멀리 도망갔던 숫자들이 서둘러 수민의 앞으로 줄지어 달려오고 있었다. 방세와 휴대폰 요금, 식재료와 과일, 금값 같은 딸기를 먹을 수 있는 숭고한 숫자들이. 그렇게 해서 수민은 의뢰인이 원했던 '그 아이'를 고이 모시고 나왔다. 매장 밖 벽에 기대 수민은 떨리는 손으로 문자를 보냈다.

─성공했습니다.

―금장인가요??????????

수민은 의뢰인의 문자에 달린 물음표의 개수를 세는
대신 천천히 메시지를 입력했다.

―맞습니다. 금장.

의뢰인이 하늘을 나는 이모티콘을 보내왔다.

한 시간 후 수민은 의뢰인의 집 앞에서 그녀에게 가
방을 건넸다. 그렇게 해서 건네받은 돈으로 자잘한 여
러 가지를 해결했다. 정확히 말하면 잠시간의 생활을
이어나갈 연료를 채워넣었다. 다시 구멍이 나고 메꿔
야 하는 돈이었지만 적어도 돈을 받을 때만큼은 보람
있었다.

그러나 수민의 기묘한 알바 생활은 오래가지 않아 끊
겼다. 명품에 웃돈을 얹어 파는 리셀 제품의 수가 늘자
매장 측은 신분증과 명의가 같은 신용카드만 받기 시작
했고 한 사람이 1년간 살 수 있는 제품 수에 제한을 두
었다. 이제는 시간과 몸을 갈아넣어도 할 수 없는 일이

되어버린 것이다.

몇 달 뒤 수민은 한 중고거래 앱에서 그 아이를 다시 만났다. 자신이 지불했던 돈보다 정확히 250만 원 더 비싼 금액으로 올라온 그 아이는 사진 속에서 또렷하고 영롱하게 반짝이고 있었다. 안주머니 4시 방향에 미세하게 난 흠집을 수민은 명명백백하게 알아볼 수 있었다. 수민은 한 계절 전보다 조금 더 굽은 목을 모니터 가까이 들이밀어 그 아이를 빤히 바라봤다. 딱 한 번 품에 안았던 그 아이. 시간을 견디고 추위에 몸을 닳아가며 데려온 그 아이. 날이 갈수록 몸값이 높아져만 가는 그 아이. 모든 면에서 자신과 반대 지점에 서 있는, 다시는 만져보지 못할 그 아이를. ■

팬심

덕질 삼대

이경란

○ **이경란**

2018년 문화일보 신춘문예에 단편소설 〈오늘의 루프탑〉이 당선되며 작품 활동을 시작했다. 장편소설 《오로라 상회의 집사들》《디어 마이 송골매》, 소설집 《빨간 치마를 입은 아이》《다섯 개의 예각》 등이 있다.

할머니가 효자손으로 내 어깨를 탁탁 쳤다. 주말에 뭐 할 거냐고 엄마가 물었을 때 바쁘다, 아주 중요한 일이 있다고 대답하지 못한 걸 후회하느라 바빠서 할머니가 부르는 소리를 놓쳤다. TV 소리가 너무 크기도 했다. 혹시 백화점에 따라가겠느냐고 물어볼까봐 여지를 둔 거였는데 엄마는 바로 훅 들어왔다. 며칠만 네가 할머니 당번 좀 해. 어차피 할 일도 없잖아. 운동화 하나 건져보려다 이 무슨 황당 시추에이션? 끝없이 울려대는 TV 소리에 머리가 지끈거린다.

"왜요?"

할머니가 효자손으로 TV 리모컨을 가리켰다. 화면에선 어느새 트로트 프로그램이 끝나고 시끄러운 광고가 흘러나오고 있었다. 채널을 바꾸라는 뜻이었다. 그걸 어제 할머니 집에 온 지 30분 만에 알게 되었다. 리모 컨으로 대형 달력 여백에 적힌 채널 번호를 찍었다. 번 호는 일고여덟 개쯤 큼지막하게 적혀 있었는데 이 채널 들이 모두 트로트 프로그램을 방영한다는 것도 어제 알 게되었다.

"할머니, 드라마 안 본다."

"드라마 안 보는 할머니도 있어?"

"안 보는 게 아니라 못 보는 거야."

"왜? 재미없어서? 무서워서?"

엄마는 심란한 목소리로 말했다.

"이제 스토리를 못 따라가는 거지."

할머니는 채널을 바꿀 때마다 트로트 프로그램이 아 니면 모조리 고개를 저었다. 좋아할 줄 알았던 〈전원일 기〉도, 〈전원일기〉 출연진들이 나오는 예능 프로그램인 〈회장님네 사람들〉도 절레절레.

"할머니, 이건 재밌지 않아요? 〈나는 자연인이다〉."

"없어."

"이건요? 〈걸어서 세계 속으로〉."

"싫어."

국과 반찬은 냉장고에 들어 있고, 청소는 딱히 할 것도 없고, 시간 맞춰서 끼니와 약만 대령하면 되는 일이라고 했던 엄마의 말과 달리 할머니가 깨어 있는 시간에는 잠시도 딴짓을 할 수가 없었다. 기껏 한다는 게 스마트폰을 만지작거리는 거였는데 그것도 수시로 방해받았다. 따뜻한 물 떠다드려, 안약 넣어드려, 화장실 갈 때마다 부축해드려, 좁은 집 안을 세 바퀴씩 하루 세 번 걷기 운동시켜드려, 엄마는 할 일을 번호 매겨 정리한 후 카톡창 공지로 올리고 하나라도 지키지 않으면 용돈은 없다고 통고했다. 대신 임무를 완벽하게 수행하면 성공보수(엄마의 표현 그대로다)를 쏴주겠다는 말을 느낌표 세 개와 함께 추가했다. 와아! 엄마가 신내림을 받았나? 제시한 금액이 정확하게 NBT 콘서트 티켓값과 똑같았다! 이건 계시였다. 그렇다면 뭐. 어차피 할 일도 없고 어차피 남도 아닌데 하고 쉽게 생각했던 것과 달리 나는 하루 만에 지쳐버렸다. 하루가 뭐야. 두어 시간 지나니 지치고 지겨웠다.

몇 개의 채널을 훑다 안착한 곳은 역시 트로트 경연 프로그램이었다. 최근 것만이 아니라 하고 또 하고 다시 하고 또 하는 몇 년 전 프로그램까지. 트로트를 잘 모르는 나도 이미 알고 있는 유명 가수 몇 명과 할머니 집에 온 지 하루 만에 새로 알게 된 가수들이 이 채널 저 채널에 겹치기로 나왔다.

없어, 싫어, 할 때와 달리 트로트 프로그램을 볼 때는 할머니의 눈이 금방 초롱초롱해졌다. 녹내장 약과 백내장 약을 시간 맞춰 넣어줄 때는 흐릿했던 눈동자가 말이다. 특히 호걸이란 가수가 나왔다 하면 할머니는 소파에 기댔던 상체를 앞으로 쭉 내밀고 봤다. 어째 눈도 한번 깜빡이질 않는지. 그랬다가도 호걸이 들어가면 다시 등을 기대고 편안한 자세를 취했다.

"쟤가 젤 좋아요?"

"좋긴. 커. 아니, 젤 비싸. 아니, 젤……."

"잘한다고?"

"잘해."

내 귀에도 호걸이 제일 낫긴 했다. 뇌경색 후유증으로 할머니는 언어를 너무 많이 잃어버렸다고 했는데 그게 뭔지 이번에 제대로 알게 되었다. 엄마 말대로 대화는 꼭 스무고개 같았다. 할머니가 하려던 말을 서너 번만에 맞히기도 했고 스무 번 채우고도 못 맞히기도 했다. 연세가 많아서 그렇겠지, 했다가 막상 겪어보니 마음이 좀 그랬다.

보일러 온도 잘 맞춰놓고. 새벽에 할머니 추울 수도 있으니까 온수매트는 잠자리 들기 한 시간 전에 켜놓고. 화장실 불은 켜두고 문을 좀 열어둬. 새벽에 할머니 화장실 가다 넘어지면 큰일이야. 엄마는 조목조목 공지까지 올려놓고도 이런 식의 카톡을 생각날 때마다 보냈다. 도대체 신경써야 할 일이 몇 가지인지. 이모는 왜 당번 주에 독감이래? 이모 땜빵이면 엄마가 좀 하지 왜 날 시켜? 다음 주가 엄마 당번이라지만 이번 주도 그냥 하지? 마음은 마음이고 불만은 불만. 나는 한쪽만 이어폰을 끼고 음악을 튼 채 바닥에 벌렁 누웠다.

사흘째가 되자 등이며 어깨며 죄다 결렸다. 아침 8시부터 밤 9시까지 잠시도 벗어나지 못하는 일정은 난생처음이었다. 깜빡 잠이 들었나? 잠결에도 음악 소리가 이상해졌다 했더니 촤아아아 하는 물소리였다. 불안한 느낌에 벌떡 일어났다. 여긴 어디? 나는 누구? 아, 여긴 할머니 집이지. 그런데 할머니는 어디?

욕실 문은 항상 조금 열어두라던, 특히 변기에 앉아 있을 때는 절대 문을 꼭 닫지 말라던 엄마의 지시를 어긴 건 할머니였다. 문을 열자 맨 먼저 뛰쳐나온 건 냄새였다. 세면대 수전에서 물이 콸콸 쏟아지는데 할머니는 아래를 벗은 채 젖은 옷을 움켜쥐고 바닥에 주저앉아 있었다.

무슨 일이 생기면 꼭 알려줘야 한다는 엄마의 지시를 이번에는 내가 어겼다. 할머니를 일으키고 씻기고 새 옷을 입힌 다음 버린 옷을 빨아 널고 나니 팔이 부들부들 떨렸다. 할머니는 아무 말도 안 했다. 온수매트를 켜고 침대에 눕혀드렸다. 할머니는 내게 등을 돌리고 창쪽으로 돌아누웠다. 이제 잠시 쉴 틈이 생긴 건데 생각과 달리 방에서 나갈 수가 없었다. 침대 옆 방바닥에 앉아 핸드폰으로 유튜브를 틀었다. 호걸의 영상은 수없이 많았고 조회 수도 어마어마했다. 볼륨을 최대로 올려서 틀었더니 귀가 쩽쩽 간지러웠다. 할머니는 한 곡이 끝나기도 전에 슬그머니 돌아누웠다. 딱딱하게 굳었던 얼굴이 다 풀려 있었다. 나도 히죽 웃었다. 저절로 웃음이 났다.

"좋지, 할머니?"

할머니가 오랜만에 입을 벌리고 웃었다. 동영상이 잘 보이게 침대에 올라가 할머니 옆에 누웠다. 할머니가 꿈틀꿈틀 힘겹게 움직여 자리를 내주었다.

다음날도 아침부터 트로트 프로그램을 틀어두었다. 한쪽 귀엔 이어폰을 꽂고 뒹굴면서 NBT 영상을 봤다. 효자손이 탁탁, 채널을 바꾸고, 물을 드리고, 약을 드리고, 다시 탁탁, 채널을 바꾸고, 밥과 간식을 드리고, 탁탁, 바꾸고, 운동을 시켜드렸다. 심심풀이로 호걸을 검색했더니 다다음 달에 콘서트를 한다고 했다. 예매 개시가…… 그날 저녁 7시였다! 지난번 콘서트는 접속 대기자만 수십만 명에 몇 분 만에 매진이었다는데 그 정도면 내가 10년째 쫓아다니는 NBT보다 더 치열하잖아. 아, 참, 노인들이 진짜! 할머니가 고개를 앞으로 쭉 뽑았다. 호걸이었다.

7시 1분, 예매에 성공했다. 내 특기는 티케팅. 웬만하면 실패하지 않는다. 요 몇 년 동안 추가된 스펙은 별로 없지만 그거 하나는 뒤지지 않는다. 자소서에 특기로 쓸까 말까 진지하게 고민하고 있다. 그런데 티켓이 NBT 것보다 비쌌다! 믿기 어려웠지만 안 믿을 수도 없었다. 어쨌거나 좋은 자리로 두 장. 이건 암표로 넘겨도 한몫 잡는 거지만 그런 짓은 하지 않는다. 오래전에 딱한 번 암표를 샀는데 내가 건넨 돈을 한 장 한 장 세는 그 손을 보면서 다시는 사지도 팔지도 않겠다고 결심했었다. 팬이라면 그런 짓은 하지 않아. 나는 지난주 예매해두었던 NBT 티켓을 자기 전에 취소했다. 덕질 인생 10년에 취소는 처음이었다. 아깝지만 어쩔 수 없지. 날짜가 딱 겹치는 걸.

다음날 예매 페이지를 캡처해서 엄마한테 카톡으로 보냈다. '티켓값 주세요. 성공보수는 따블!'도 함께. 엄마가 대뜸 전화를 걸어왔다. 톡에는 제발 톡으로 답하라고 해도 엄마는 급하면 전화였다.

"왜 두 장이야?"

"그럼 할머니 혼자 어떻게 보내? 내가 모시고 갈 거야. 어차피 할 일도 없고."

"나는?"

"엄마가 왜?"

"너 혼자 할머니 감당 못해. 둘은 따라붙어야지."

"가고 싶은 건 아니고?"

"그건 아니지만."

한숨이 푹 나왔다. 이제 와서 한 장 더 건지느니 오픽 등급 올리는 게 쉽지. 이렇게 되면 시도 때도 없이 취소 티켓 뜨는 것만 노려야 한다.

"있지, 사실 아닌 건 아니야. 엄마도 왕년에 좀 갔었다니까."

"누구?"

"송골매. 재작년에도 갔었어."

"헐!"

엄마가 갑자기 킥킥거리며 웃었다.

"너 시험 앞두고 있어서 말 안 했지. 우리 셋이 가자. 따따블 쏠게!"

할머니가 효자손으로 소파 팔걸이를 탁탁 쳤다. 나는 얼른 채널을 훑어서 할머니가 좋아하는 프로그램을 틀었다.

"엄마, 끊어. 티켓 알아봐야 돼."

잠시 후 엄마가 카카오송금을 하고 나서 사진을 한 장 보내왔다. 아줌마 넷이서 일렬로 횡단보도를 건너고 있었다. 모두 맨발이었다. 비밀인데, 너희 이모, 지금 런던 찍고 리버풀에 있어. 비틀스 투어래. 미친 거 아냐? 나는 바로 답을 했다. 대박! ■

새벽 속

천선란

○ **천선란**
2019년 〈브릿G〉에 장편소설 《무너진 다리》를 발표하며 작품 활동을 시작했다. 장편소설 《천 개의 파랑》 《밤에 찾아오는 구원자》 《나인》 《랑과 나의 사막》, 소설집 《어떤 물질의 사랑》 《노랜드》, 연작소설 《이끼숲》 등이 있다. 제4회 한국 과학문학상 장편소설 부문 대상을 수상했다.

"습관이 생겼어요. 시계를 자꾸 봐요. 해가 떠도 밤 같아요. 해가 없어야 마음이 편한 거 있죠."

윤애는 내용물을 다 마신 종이컵을 어루만지며 말했다. 지은이 윤애가 쓴 문장을 읽기 시작한 순간부터 윤애는 긴장감에 떠오르는 모든 말을 계속 내뱉는 중이었다. 윤애가 쓴 건 에세이도, 소설도 아닌 모호한 글이었다. 일기 같지만 화자가 자신이 아니라는 점에서, 그렇지만 소설처럼 주인공에게 사건이 일어나는 건 아니라는 점에서 그랬다. 그래도 운전대를 책상 삼아 틈틈이 쓴 문장들이었다.

"새벽이 지나면 밤이 온다."

지은은 그 문장을 소리 내어 읊다가 픽, 웃었다. 명백한 비웃음이었지만 윤애는 그보다 지은이 자신의 글을 읽었다는 것에, 더 정확하게는 소리 내어 한 번 읊조리고 눈으로 다시 한번 읽었다는 것에 들떴다. 지은은 예술대학교에서 시나리오를 쓰는 학생이었다. 윤애는 맹렬한 비난이어도 좋으니 지은의 평이 듣고 싶었다. 하지만 지은은 입술을 댈 수도 없이 짧아진 담배를 꾸역꾸역 입에 물고 쥐고 있던 목장갑을 꼈다. 그리고 시시하게 물었다.

"문학청년? 국문과?"

윤애는 불어불문학과였다. 한때 불어에도, 문학에도 관심이 없던 학창 시절이 있었다. 열아홉 살까지 교재 외의 다른 책은 쳐다보지도 않던 윤애였으나 어느 날 문제집을 사러 대형 서점에 들렀다가 올해 노벨 문학상 수상작이라는 홍보 띠지를 보았다. 평소에는 스쳐가지도 않았을 문학 코너에 발을 들인 것도, 그 문장에 사로잡혀 책을 집어든 것도 윤애는 운명이라 여겼다. 무심한 표정으로 카메라가 아닌 허공 어딘가를 바라보는 흑백 사진 속의 여자. 고독이라는 단어를 몸에서 지울 수 없을 것 같은 여자. 안개 속에 갇히고도 애써 길을 찾으려 할 것 같지 않은 여자. 숨 가쁘게 길을 찾으려 애를 쓰는 자신과 다르게 느껴져서일까. 한 번도 소설을 제돈 주고 사본 적 없던 윤애는 교재 사이에 소설 한 권을 끼워넣었다. 그것이 시작이었다. 윤애는 문학과 사랑에 빠졌다. 더 자세히 말하자면 그 작가를 사랑하게 됐다.

"번역으로 어떻게 먹고살게?"

짧은 휴식을 마치고 물류 창고로 돌아가는 길에 지은이 물었다.

"못 벌죠. 그것만으로는."

해마다 일이 줄었고 단가가 낮아졌다. 윤애는 그 작가의 한국어 담당 번역가가 되는 것이 꿈이었으나 번역의 일은 좀처럼 기회가 닿지 않았다. 심지어 통번역을 할 수 있는 일조차 줄었다. AI로 돌린 번역을 검수하는 일만이, 아직 대학원을 졸업하지 못한 윤애가 할 수 있는 일이었다.

"그래서 하는 거잖아요, 이거. 필요할 때마다 할 수 있고, 돈도 잘 벌리고. 좋은데요? 병행하기 이렇게 좋은 일 없어요."

"오래 머물면 새벽에 갇힌다. 조심해."

이것이야말로 시나리오를 전공하는 사람의 표현력인가. 윤애는 감탄했다. 그뿐이었다. 지은의 말은 윤애에게 그 정도로만 닿았다. 지은은 그날을 끝으로 더는 배송 일을 나오지 않았다. 들리는 말에 따르면 일 처리가 엉성해서 블랙리스트에 올랐다는데 자세한 건 아무도 모르는 듯했다. 윤애에게도 지은의 번호 따위 없었기에 물을 수 없었다. 그래도 상관없지 않은가. 유명 예술대학교에서 시나리오를 전공한 지은이 이 일을 1년 3개월째 하고 있었고 이제 슬슬 제 전공을 찾아갈 때라 생각해, 오히려 잘된 일 같았다.

지은과 윤애처럼 대학을 졸업하고도 배송 일을 하는 또래는 달마다 늘어갔다. 번거로운 절차 없이 필요할 때마다 할 수 있는 일이었다. 배달시키는 것만큼이나 손쉽게. 단기 일자리조차 구하기 힘든 요즘 시대에 얼마나 보석 같은 일자리인가? 윤애는 지은에게 말했듯이 학업과 일을 병행하기에 이보다 좋은 일은 없다고 느꼈다. 더욱이 요즘처럼 물가가 천정부지로 솟을 때는 한 달 기다려 받는 월급보다 그날 받는 일급이 더 실용적이었다.

대학원 진학을 꿈꾼다면 가장 먼저 면허를 따던 선배의 말에 따라 취득한 면허도 유용하게 쓰였다. 처음에는 배달 일도 고려했으나 오토바이로 도로와 인도를 넘나드는 험난한 일은 도저히 할 용기가 나지 않았다. 자전거를 타거나 걸어서 배달하는 것도 고민했지만 그걸로는 필요한 일당을 채울 수 없었다. 그때 우연히 배송 일을 시작한 또래 여자의 브이로그가 알고리즘에 뜬 것이다. 원하는 날, 원하는 시간에 원하는 만큼 일할 수 있다. 왜 좋은 대학을 나와서 이런 일을 하는지 묻는 면접관도 없었다. 필요한 것은 체력과 운전면허. 급한 대출금을 갚을 목적으로 한두 번 하고 말려 했지만, 이곳에서 만난 이들 모두가 새벽 운동처럼 일을 하고 해가 떠 있는 시간 동안에는 학업과 본업에 매진한다는 것을 알게된 후로 쉽게 그만둘 수 없게 되었다. 그만두면 자신이 뒤처지는 것만 같았다.

일을 다시 시작하려 했으나 윤애는 그제야 핸드폰을 휴게실에 두고 나왔다는 것을 깨달았다. 모두가 물품을 가지고 하나둘 출발하는 시각이었다. 빨리 움직이지 않으면 새벽 배송 마감 시간에 걸릴 거였다. 모든 것이 만족스러웠지만 딱 하나 피곤한 게 있다면 이런 식으로 시간에 쫓긴다는 거였다. 해가 뜨기 전에 모든 걸 해야 한다. 해가 뜨기 전에⋯⋯.

핸드폰을 챙겨 돌아왔을 때는 사람들 대부분이 떠난 후였다. 윤애는 서둘러 배달 물품을 꾸렸다. 그러다 멀지 않은 곳에서 퍽! 하고 무언가를 내리치는 둔탁한 소리가 들려왔다. 처음에는 누군가 물건을 떨어트렸다고 생각했다. 물건이 망가진 게 아니어야 할 텐데,라고 대수롭지 않게 생각하던 찰나 또 한 번 소리가 들려왔다. 이번에는 조금 더 강하고 둔탁한 소리였다. 떨어트렸다기보다 힘을 주고 내리친 듯한. 마치 불길함을 암시하는 소설의 구절을 마주한 듯한 섬뜩함이 윤애를 덮쳤다. 윤애가 소리 나는 쪽으로 걸음을 옮겼다. 차고 있던 스마트시계가 울렸다. 지금 출발해야 새벽 배송을 마칠 수 있다는 알람이었다.

감시카메라가 닿지 않는 사각지대, 윤애는 쓰러진 사람을 발견한다. 스마트시계가 더 거세게 울린다. 해가 뜬다. 곧 있으면 해가 뜬다. 어물쩍거리다 해가 뜨면 모든 것이 사라지고 말 거란다. 그렇게 말한다. 윤애의 걸음이 더뎌진다. 잘못 디뎌서 넘어지신 거겠지. 잠깐 기절한 거겠지. 곧 아무렇지 않게 일어나겠지. 그러니 돌아가야 한다. 윤애는 새벽이 지나기 전에 배달을 마쳐야 했다. 그렇게 몸을 돌리는 순간, 윤애는 상자 더미

속 두 눈과 마주쳤다. 정말 눈인가? 사람의 눈인가? 지난번처럼 길고양이가 들어온 건 아닌가? 그러니까 일하던 사람은 잠시 기절한 것이고 상자 더미에 있는 것은 길고양이인 것이다. 윤애는 그날 아슬아슬하게 배송을 마쳤다. 마지막 집에서는 출근하려고 나오던 수령인과 마주치는 불상사가 일어났다. 수령인은 달갑지 않은 표정을 지었다. 존재감을 드러내지 말아야 할 사람이 불쑥 모습을 나타냈을 때 보이는 불편함이었다. 윤애는 땀으로 흠뻑 젖은 모자를 더 푹 눌러쓰며 자리를 떴다. 해도 안 떴는데, 출근을 일찍 하시는구나, 생각하며.

다음날, 새벽 배송을 위해 모인 일꾼들이 수군거렸다.
"죽었다며."
오늘 가야 할 지역을 확인하던 윤애가 그들을 쳐다보았다.
"또 심장마비? 아니면 뇌졸중?"
"말을 자세히 안 해서 모르겠는데, 뭐 그런 거 아니겠어? 근데 유족들이 평소에 앓던 지병이 없었다고 회사 고소한다던데."
"그게 쉽나. 죽은 이가 몇 살이래?"

"서른셋."

안타까운 탄식이 터지고, 그들은 시계를 보더니 서둘러 움직였다. 윤애는 지난밤 보았던 길고양이의 눈을 떠올렸다. 그게 사람이었나, 길고양이였나. 헷갈리기 시작했다. 새벽이었고 어쩐지 창고에는 안개가 가득했던 것 같다. 그래, 그건 길고양이였지. 윤애는 그렇게 곱씹었으나 일하는 내내 길고양이의 눈만 떠올랐다. 그렇게 길고양이가 창고에 있으면 위험한 거 아닌가. 그날, 윤애는 일이 끝나고 담당자를 찾아가 창고에 길고양이가 들어온다고, 어제 새벽에 상자 더미에 있던 두 눈을 봤다고 말했다. 담당자는 석연치 않은 표정으로 흘려듣다가 문득 윤애의 명찰을 흘겨보았다. 그게 끝이었다. 이제 길고양이가 창고에 들어오지 못할 테니 다 된 거라 생각했다.

하지만 오후 내내 심장이 뛰어, 자야 할 시간에도 잠들지 못했다. 오후 햇살이 유독 강렬했다. 햇살은 안개처럼 방에 들어찼다. 침대에 앉아 새벽에 보았던 쓰러진 사람과 길고양이의 두 눈을 번갈아 떠올렸다. 그렇게 몇 시간을 앉아 있었다는 걸, 출근 알람을 듣고 깨달았다. 윤애는 틈틈이 볼 책 한 권과 노트를 챙겨 앱에 접속해 출근을 희망했지만 접근할 수 없다는 알람이 떴다. 윤애는 그럴 리 없다며 몇 번이고 다시 접속했으나 번번이 실패했다. 이제 새벽은 시작이었고, 윤애는 새벽 속에 우두커니 서 있었다. ■

빈의 두 번째 설날

백가흠

○ **백가흠**

2001년 서울신문 신춘문예에 단편소설 〈광어〉가 당선되며 작품 활동을 시작했다. 장편소설 《나프탈렌》《향》《마담 뺑덕》《아콰마린》, 소설집 《귀뚜라미가 온다》《조대리의 트렁크》《힌트는 도련님》《사십사四十四》《같았다》, 짧은 소설 《그리스는 달랐다》 등이 있다.

발목 높이까지 소복소복 쌓이는 눈을 보고 있자니 쩐호우빈은 고향의 가족들이 생각났다.

"빈아, 눈 처음 봐? 뭘 그렇게 넋 놓고 보냐."

이 씨가 빈의 등 뒤로 슬쩍 다가와 말했다. 빈은 한국어가 서툴렀고 이 씨가 하는 말을 전부 알아듣지 못했다. 빈이 웃으며 고개를 끄덕였다.

"아, 눈 처음 볼 수도 있겠구나. 그나저나 좀 쉬자."

이 씨가 손짓으로 커피 마시는 시늉을 했다.

"내일부터 설 연휴인데 뭐 하며 지낼 거야? 공장도 문 닫는데."

"우리도 친구들이랑 명절 보낼 거예요."

어느새 다가온 응우옌반민이 빈 대신 대답했다. 빈은

민의 소개로 5개월 전부터 경기도의 이불공장에서 일하고 있었다. 폭력과 착취를 견디지 못하고 농장을 이탈해 갈 곳 없고 막막하기만 했던 그에게 일할 수 있는 이곳은 삶의 희망이었다. 불법체류 중인 빈에게 선뜻 일자리를 주는 곳도 드물었거니와 그의 처지가 볼모가 되어 더 큰 어려움에 처할 수도 있었는데, 그에겐 다행이었다.

"이따가 퇴근할 때 주려고 한 건데, 이거 받아."

이 씨가 빈과 민에게 봉투를 내밀었다.

"명절에 맛있는 거 사 먹어."

이 씨가 세배하는 시늉을 해 보였다. 민이 땅바닥에 세배하려고 하자 이 씨가 만류했다.

"아니, 지금 세배하라는 게 아녀. 말이 그렇다는 거지."

민은 이 씨가 하는 말을 빈에게 통역했다.

"우리도 설에 빨간 봉투에 세뱃돈 주는 풍습이 있어요. 아저씨가 이럴 줄 알고 저도 준비했어요."

민이 준비한 빨간 봉투를 이 씨에게 내밀었다.

"됐어, 너네는 돈 없으니까 됐어. 받은 걸로 해. 고마워, 민아, 빈아."

민이 활짝 웃으며 세배하는 시늉을 했다. 빈은 감동

해서 눈물이 맺혔다. 속으로 한국이 원망스러웠던 마음
이 컸던 빈은 괜스레 이 씨에게 미안함마저 들었다.

"오토바이 빌려달라며, 빈이랑 어디 다녀오려고?"

"설에 몇몇이 모이기로 했어요."

"조심해서 타야 해. 길 미끄러우니까."

"우리 모터바이크 잘 타요. 한국 사람보다 잘 타요.
걱정하지 마세요, 아저씨."

민이 유창하게 한국어로 말했다.

"빈아, 너 내 전화번호 알지? 무슨 일 생기면 전화해."

이 씨가 귀에 대고 전화받는 시늉을 하자 빈이 웃으
며 고개를 끄덕였다. 빈은 작년 설에 비닐하우스 숙소
에서 쉬지도 못하고 일만 했지만, 올해는 모든 게 달라
졌다.

재작년 가을, 계절 이주노동자로 한국에 온 빈은 이
렇게 오랫동안 한국에 머무르게 될지 몰랐다. 그는 남
쪽의 한 깻잎 농장에서 하루에 만 장이 넘는 깻잎을 땄
다. 그 뒤에는 하루 수천 포기의 배추를 땄고, 나중에는
비닐하우스에서 생강과 당근을 캤다. 그렇게 두 계절이
금방 지나갔다.

설날 아침, 봄처럼 날씨가 좋았다. 빈과 민은 이 씨가 빌려준 오토바이를 타고 한 시간가량 떨어진 곳으로 설을 맞으러 갔다. 둘은 바람을 맞으며 신나게 달렸다. 한국에서 겪은 시름이 차가운 바람에 실려 뒤로 밀려났다.

빈의 고향은 베트남 다낭 꽝남성 푸봉 마을로 아름다운 안방 해변에서 내륙으로 30킬로미터 정도 떨어진 곳이다. 그의 고향은 베트남 전쟁 때 한국군이 주둔했던 지역으로 민간인 피해가 컸던 곳이다. 그의 가족은 대대로 푸봉 마을에서 농사를 지으며 살아왔다. 치열했고 비참했던 전쟁 중에도 그의 가족들은 마을을 떠나지 않았다.

베트남에도 많은 변화가 생겼다. 전쟁만큼 가난이 고통스러운 시대가 되었다. 가족 중에 돈을 벌기 위해 타지로 나간 사람은 빈이 유일했다. 많은 식구가 살기 위해서 빈의 가족도 변화가 필요했다. 이미 많이 늦어졌으나, 어떻게든 방법을 찾아야만 했고 빈은 그 시작이었다.

가족의 기대를 안고 한국에 온 그는 고향으로 돌아갈 수가 없었다. 5개월 단기 비자로 한국에 들어와 3개월을 연장한 뒤 비자가 만료된 지도 반년이나 지났다. 한국에 계절노동자로 오는 데 알선비로 송출업체에 팔백만 원을 지불했다. 한 달에 이백만 천 원을 받기로 했으나 비닐하우스 숙소비, 식비, 사업장이탈보증금을 제하고 한달에 구십여만 원을 받았다. 여권은 입국할 때 송출업체에 뺏겼고 베트남으로 돌아갈 날이 가까워졌다. 빈이 8개월 동안 벌어들인 돈은 한국에 오기 위해 들인 비용에도 미치지 못했다. 그가 사업장을 이탈해 불법체류자가 될 수밖에 없었던 이유였다. 다행히 좋은 사람들의 도움으로 그나마 허비한 시간을 만회할 기회가 생겼다. 하지만 계절노동자에 대한 폭력과 착취가 문제되자 정부는 오히려 비자 단속을 강화했고, 이후 계절노동자들의 마음 졸이는 불안한 날들이 계속되었다.

처지가 비슷한 베트남 이주노동자들이 명절을 보내기 위해 한 프레스 공장에 모였다. 찹쌀에 고기를 넣고 찐 반쯩, 각종 말린 과일과 고기여주국 등을 상에 올리고 먼 이국에서 차례를 지냈다. 음식을 나누어 먹고, 필요한 정보를 교환하고 고향집에 전화해서 친척들과 인사를 나누며 하루를 보냈다. 빈도 오랜만에 가족들과 길게 통화했다.

"곧 돌아갈 수 있을 거예요. 처음에는 힘들었지만, 지금은 좋은 사람들을 만나서 잘 지내고 있어요."

빈이 애써 울음을 참으며 아버지에게 말했다. 민이 빈의 어깨를 토닥이며 위로했다. 빈은 울음이 터질까봐 서둘러 전화를 끊었다. 모처럼 의미 있고 즐거운 휴일을 보냈다.

"혼자 갈 수 있겠어? 돌아가는 길 기억해?"

민이 근심 어린 눈으로 바라보며 빈에게 말했다.

"걱정하지 마. 큰길 따라 서쪽으로 가다 보면 우리 공장 나오잖아."

모처럼 따뜻하고 화려했던 해가 서쪽으로 허물어지고 있었다. 민은 다른 모임에 갔고 빈 혼자 이불공장으로 향하기 위해 길을 나섰다. 빈은 오토바이를 몰며 해가 지는 쪽을 바라보았다. 노을 물드는 쪽을 계속 따라가다 보면 일하는 이불공장에 이르고, 더 가면 고향의 아름다운 안방 해변이 나올 테고, 꽝남성 푸봉 마을에도 가 닿을 거로 생각하니 괜스레 눈물이 났다.

공장에 거의 도착할 무렵 사위는 어둑해졌다. 빈은 천천히 오토바이를 몰았다. 공단에 들어서자, 인적이 거의 없고 지나다니는 차도 드물었다. 빈은 기억을 더듬으며 조심스럽게 오토바이를 몰았다.

마지막 사거리 신호에 잠시 멈추어 섰을 때였다. 갑자기 누군가 빈을 억지로 오토바이에서 끌어내렸다. 그러곤 무차별적인 폭행이 시작되었다. 뭔가를 판단할 새도, 어떤 일이 벌어지고 있는지 생각할 틈도 없었다. 십여 명의 십대 남자애들이 빈을 에워싸고 때렸다. 빈이 겨우 정신을 차린 것은 그들이 넘어진 오토바이를 일으켜 세우려는 것을 본 뒤였다. 그는 발악하며 오토바이를 껴안았다. 남자애들의 발길질이 멈추지 않았다. 빈은 그들의 폭력을 견디며 악착같이 오토바이를 지켰다. 남자애들도 포기하지 않고 무자비한 폭행을 이어갔다. 폭행은 경찰이 출동하고 난 뒤에야 겨우 멈췄다.

빈은 앞을 볼 수 없을 정도로 눈이 부었고 머리에서는 피가 흘러내렸다. 갈비뼈가 부러졌는지 엄청난 통증이 일었다.

"저희도 맞았어요. 지나가는데 우리한테 시비 걸었다고요."

남자애들은 경찰서에서도 소란을 멈추지 않았다. 빈은 남자애들이 하는 말을 전부 알아들을 수 없었다.

"너희들은 가만히 있어. 베트남? 필리핀? 어디 사람이에요? 내 말 알아들어요?"

빈은 경찰에게 애써 웃음 지으며 고개를 끄덕였다. 빈은 경찰이 하는 말을 다 알아듣지 못했다. 빈은 경찰에게 이 씨의 전화번호를 적어주었다. 그러곤 정신을 잃었다.

어디선가 자기를 부르는 소리가 들리는 것 같았다. 잠든 것이 아니었는데, 꼭 꿈을 꾼 것 같았다. 따뜻하고 햇빛 좋은 해변에서 평온한 시간을 보내는 꿈을 꾼 것만 같았다.

"빈아, 정신 들어?"

정신을 차려보니 빈은 유치장 안에 있었고, 이 씨가 밖에서 그를 부르고 있었다. 빈은 무거운 몸을 일으켰다. 겨우 웃으며 고개를 끄덕였다. 이 씨를 보자 눈물이 나기 시작했다.

"빈아, 너 비자 등록이 안 되어 있어서 구금됐단다. 강제 추방될 수도 있다는데 큰일이네, 정말. 연휴 끝나면 내가 방법 찾아볼 테니까. 조금만 참아."

빈이 울면서 억지로 웃어 보이고는 고개를 끄덕였다. 빈은 이 씨가 하는 말을 모두 알아들을 수 없었다.

"사람을 그냥 때렸다는 게 말이 돼? 때린 놈들은 풀어주고 맞은 사람을 가두는 게 말이 되냐고. 무슨 이런 법이 있어."

이 씨는 경찰에게 고래고래 고함을 질렀다. 빈은 자신의 처지보다 이 씨의 오토바이가 부서지지 않았는지 더 걱정이 됐다. 쩐호우빈의 한국에서의 두 번째 설이 그렇게 지나가고 있었다. ■

남겨진 것

정이현

○ **정이현**

2002년 《문학과사회》 신인문학상에 단편소설 〈낭만적 사랑과 사회〉가 당선되며 작품 활동을 시작했다. 장편소설 《달콤한 나의 도시》 《너는 모른다》 《사랑의 기초─연인들》 《안녕, 내 모든 것》, 중편소설 《알지 못하는 모든 신들에게》, 소설집 《낭만적 사랑과 사회》 《오늘의 거짓말》 《상냥한 폭력의 시대》 등이 있다. 이효석문학상, 현대문학상, 오늘의 젊은 예술가상 등을 수상했다.

우경과 영민을 아는 사람들이라면 그들이 비교적 평범한 부부라는 말에 별다른 이의를 제기하지 않을 것이다. 그들에겐 아홉 살짜리 딸 솔이가 있었다. 눈치 없는 누군가가 '둘째 계획은?'이라고 물어오면 우경과 영민은 동시에 고개를 저었다.

　유치원에 들어가면서부터 솔이는 동생을 갖고 싶다고 조르기 시작했다. 우경은 '나중에'라며 대충 상황을 모면하곤 했지만 남편 영민은 달랐다. "아니"라고 분명한 어조로 말했다. 안 되는 걸 빨리 포기하도록 돕는 게 효과적인 교육법이라는 남편의 생각에 우경도 동의했다. 동생 대신 강아지,라고 아이가 입장을 바꾼 건 초등학생이 되고 나서였다.

"대신이라는 표현은 잘못됐어. 강아지도 하나의 생명체니까. 한 생명이 다른 생명을 대신할 수는 없잖아."

영민이 말했지만 솔이는 수긍하지 않았다.

"그래도 키우고 싶다고요."

"하고 싶은 걸 다 할 수는 없어. 본인이 완전히 책임질 수 있을 때 하는 거지."

"내가 책임질 수 있어요."

"너는 아직 어린이잖아. 어린이가 결정할 수 있는 일이 아니야."

영민의 말에 솔이는 의기소침해졌다. 우경이 아이를 달랬다.

"우리 이번 주말에 우동이 보러 갈까?"

"아니야. 나는 진짜 귀여운 나만의 아기 강아지를 원한다니까요."

우동이는 우경의 친정에서 키우는 개 이름이었다. 재작년에 어머니가 갑자기 돌아가신 뒤론 아버지가 홀로 키우고 있었다. 우경이 우동이를 처음 본 것은 솔이가 배 속에 있을 때였다. 오랜만에 내려간 고향집 마룻바닥 한가운데에 흰색 털의 어린 발바리 한 마리가 철퍼덕 엎어져 있었다. 동네 어귀 분식집 사장님이 돌보던 유기견

이 출산을 했는데 그중 한 녀석을 얻어왔다고 했다.

"얘는 품종이 뭐래요? 순종은 아닌 거 같고."

"아니 요즘에도 그런 걸 따지는 사람이 다 있나."

아버지가 강아지의 뒤통수를 연신 쓰다듬으며 느리게 대꾸했다. 무뚝뚝하던 아버지에게 저런 면이 있었나 신기했다.

"어쩌나 손이 많이 가는지 몰라. 종일 먹고 종일 싸고. 애 하나 키우는 거랑 똑같다니까."

우경의 어머니는 입으로는 투덜거렸지만 강아지를 바라보는 눈빛에선 애정이 뚝뚝 떨어졌다. 우경은 내색하기 어려운, 복잡한 심경이 되었다. 얼마 후면 아기가 태어날 예정이었다. 부모님은 맞벌이 딸의 육아 계획에 대해 별 관심이 없는 것 같았다. 손주를 봐주마, 이런 이야기 역시 빈말로도 하신 적이 없었다.

"어차피 엄마 몸도 약하고 너무 멀리 계셔서 난 아기 맡길 생각도 안 했어. 어른들 적적하신데 다행이지 뭐."

영민이 아무 말도 하지 않았는데 우경은 괜히 중얼거렸다. 결론적으로 그녀의 말은 틀리지 않았다. 부모님은 귀한 늦둥이 돌보듯 정성껏 강아지를 키웠다. 어쩌다 두 분이 함께 딸의 집에 와도 혼자 남은 개 걱정이었고, 개밥을 줘야 한다면서 후딱 일어나려고 했다.

"사료 자동 급식기가 있다던데. 한번 알아볼까요?"

"아서라. 기계가 혹시 고장이라도 나면 어쩌려고."

말 못하는 강아지가 쫄쫄 굶게 될지도 몰라 안 된다는 아버지의 말에 어머니가 맞다고 추임새를 넣었다. 부모님이 나누는 대화는 대부분 우동이와 관련된 얘기였다. 두 분이 우동이 대변 상태와 간식의 상관관계에 대해 진지하게 토론을 벌이다가 이내 티격태격하기도 하는 모습은 우경에게 우습고 낯설었다. 우동이는 부모님의 무료하던 삶에 반짝이는 활력소였다.

"할아버지, 그런데 왜 애 이름이 우동이예요?"

"솔이는 우동이한테 애라고 하면 안 돼여. 솔이한테는 삼촌뻘인디."

농담인지 진담인지 모를 말이었다.

"분식집 출신이라서 우동이지. 아버님, 그렇죠?"

영민의 추측에 솔이는 흥분을 감추지 못했다.

"와, 그러면 우동이 형제들 이름은 떡볶이, 김밥이, 라면이겠네요?"

우경의 아버지는 씩 미소만 지을 뿐이었다. 어머니가 갑자기 돌아가시고 아버지가 홀로 남게 되었을 때, 아버지는 살던 집에서 그대로 살아가겠다고 했다. 혼자서 괜찮으시겠는지 우경은 조심스레 물었다.

"내가 왜 혼자라고 그러냐?"

우동이가 아버지의 발치에 가만히 엎드려 있었다.

"우리는 그냥 지금처럼 지내면 된다."

아버지와 우동이는 그렇게 둘이 살기 시작했다. 뒷산을 매일 오르고, 당근과 고구마와 닭가슴살을 삶아 나누어 먹고, 천변 산책로를 오래 걷고, 일일드라마와 축구 중계방송을 같이 보고, 한 침대에서 잠들었다 일어났다. 꽃이 피었다 지는 길도, 이슬비가 오는 길도, 함박눈이 내리는 길도 함께 지났다. 우경이 종종 아버지에게 솔이 사진을 보내면 아버지는 답장으로 우동이 사진을 보내왔다. 아버지가 찍은 사진 속에서 우동이는 늘 편안하고 당당해 보였다. 체구가 그리 크지 않은데도 제법 듬직하게 느껴졌다. 개의 목에 연결된 리드줄을 잡고 있을, 프레임 밖 아버지의 표정은 어떨지 우경은 궁금했다.

"이것 봐. 할아버지랑 둘이 아주 단짝이야."

솔이에게 사진을 보여주면서 우경은 새삼 아버지에게 우동이가 있어서 참 다행이라는 생각을 했다. 우동이가 없었다면 멀리 있는 자신의 마음이 한층 무거웠을 거라고도 생각했다.

  그날은 토요일이었다. 저녁밥을 먹고 텔레비전을 켜자 뉴스가 나오고 있었다. 서울의 한 주택가에 검은손긴팔원숭이가 출몰했다는 내용이었다. 영민과 우경은 누가 먼저랄 것도 없이 한숨을 쉬었다.

  "멸종위기종일 텐데."
  "어디서 탈출했지?"
  "누가 밀수해서 키우다 버린 거 아닐까?"
  솔이가 끼어들었다.
  "나쁘다! 어떻게 버릴 수가 있어요?"
  "그러게 말이야."
  곧 소비자 물가 상승률이 심상치 않다는 다음 뉴스가 이어졌다. 부부는 아까보다 조금 더 짙은 한숨을 뱉었다. 그때 전화벨이 울렸다. 병원 응급실이었다. 마당에 쓰러져 있는 아버지를 이웃이 발견했다고 했다. 짖고 또 짖어댄 우동이 덕분이었다. 급성 뇌출혈이었다. 우경의 식구들이 병원에 도착하기 전에 응급수술이 시작되었다. 깊고 긴 밤이 지나갔다. 수술은 그런대로 잘

끝났다고 했다. 급한 고비는 넘겼으나 이제부터 결과가 불확실한, 오랜 싸움이 시작될 예정이었다. 중환자실 복도의 긴 의자에서 문득 솔이가 물었다.

"그런데 엄마, 우동이는요?"

아버지가 실려간 뒤 이틀간 혼자 남아 있었을 우동이에게 그제야 생각이 미쳤다. 우경과 영민은 얼굴을 마주 보았다.

"어떡하지?"

"그러니까. 어떻게 해야 하지?"

"지금으로선 퇴원 일자를 전혀 모르는 거잖아?"

"퇴원하실 수 있을지 아니면 어떻게 될지 아직 알 수 없는 거 아니야?"

그들은 서로를 향해 물음표만을 던지고 있었다. 솔이가 불쑥 끼어들었다.

"근데요, 우동이요, 음식 이름 아니에요."

"그게 무슨 말이야?"

"우동이 이름 무슨 뜻인지 내가 알아냈어요. 우경이 동생이라는 뜻이에요. 김우경 동생 김우동."

우경은 간신히 견디고 있던 것이 조용히 무너져내리는 기분을 느꼈다.

"지금 내가 솔이랑 아버님 댁에 가볼게. 빈집에 계속 혼자 둘 순 없잖아."

영민의 목소리가 아주 먼 곳에서 울리는 것 같았다. 빈집에서 우동이는 무엇을 하고 있을까. 두려움에 컹컹 짖고 있을까. 온몸을 웅크린 채 단 한 사람을 기다리고 있을까. 맹목적으로. 아버지의 부재의 이유를 녀석에게 어떻게 설명해야 하나. 아니 그것이 가당키나 한 것인가. 우경의 머릿속은 뒤죽박죽 흔들렸다.

"엄마 아빠, 그럼 우동이 이제 우리 집에 가는 거예요? 정말?"

개를 기르는 일에 대해 우경은 거의 아는 바가 없었다. 그러나 서로 의지해 사는 일에 대해서라면, 얘기가 조금 다를지도 몰랐다. ■

가족끼리 왜 이래

정진영

○**정진영**

장편소설 《도화촌기행》으로 조선일보 판타지문학상을 받으며 작품 활동을 시작했다. 장편소설 《침묵주의보》《젠가》《다시, 밸런타인데이》《나보다 어렸던 엄마에게》《정치인》《왓 어 원더풀 월드》, 소설집 《괴로운 밤, 우린 춤을 추네》, 산문집 《안주잡설》《소설은 실패를 먹고 자란다》 등이 있다. 백호임제문학상을 수상했다.

남편 대혁이 밴드 스매시의 재결성 공연 티켓 예매에 성공했다고 카카오톡 메시지를 보내왔을 때, 수연은 마치 로또에 당첨되기라도 한 듯 흥분했다. 밴드 멤버들이 다시 한 무대에 서는 모습을 보는 날이 오기를 오랫동안 간절하게 기다려왔으니 말이다. 밴드의 재결성 소식도 놀라운데, 대혁이 발 빠르게 나서서 공연 티켓까지 확보하다니. 수연은 자기도 모르게 감탄사가 튀어나오려는 입을 손으로 막았다. 공연 일자는 두 달 뒤, 장소는 밴드가 9년 전 고별 공연을 열었던 부산시민회관 대극장이었다. 팬들에게 작별을 고했던 장소에서 열리는 재결성 공연이라니, 이보다 더 극적인 귀환이 또 있을까 싶었다. 그런데 대혁이 보낸 다음 메시지가 끓어

올랐던 수연의 흥분을 가라앉혔다.

—9년 만에 부산으로 내려가는 건데, 공연 끝나고 해운
대로 움직이자. 포차거리에서 한잔하고 근처 호텔에서 하룻
밤 자면 딱이겠네. 어때? 옛날 생각도 나고 재미있겠다.

수연은 대혁에게 답을 하려다가 멈칫했다. 호텔? 하
룻밤? 호텔에는 보통 더블베드 하나가 놓여 있지 않나?
수연은 대혁과 한 침대에 누워 있다고 상상하니 몹시
어색했다. 한발 더 나아가 대혁이 분위기를 잡으며 진
한 스킨십을 시도하는 모습을 떠올리자 팔뚝에 소름이
돋았다. 1분, 2분, 3분……. 수연은 대혁에게 아무런 답
을 하지 못한 채 휴대폰을 덮었다. 수연은 자신을 둘러
싼 공기가 어색하고 낯설어지는 기분을 느꼈다.

수연이 대혁과 각방을 쓴 세월을 헤아려보니 6년이
넘었다. 다른 이유는 없었다. 대혁과 연애한 지 2년 만
에 결혼했고 바로 아이가 생겼는데 쌍둥이였다. 입덧은
육아에 비하면 고생도 아니었다. 둘이 서로 번갈아가면
서 한 시간마다 깨어나는 통에 밤을 새우기가 일쑤였
다. 새벽 1시쯤에 먼저 깨어난 첫째 이언을 30~40분

에 걸쳐 수유하고 트림시키고 재우면, 둘째 이서가 깨어나 울었다. 이 같은 과정이 몇 차례 반복되면 어느새 창밖에선 동이 텄다. 둘이 동시에 깨어나 울기라도 하는 밤에는 종교가 없는데도 신을 찾곤 했다.

전쟁 같은 나날에서 조금이나마 해방될 수 있었던 계기는 시어머니와의 합가 덕분이었다. 시어머니는 40년 가까이 어린이집을 운영하다가 은퇴한 뒤 홀로 전원주택에서 소일했다. 대혁은 수연에게 시어머니께 도움을 요청해보자고 조심스레 제안했다. 시아버지께서 돌아가신 뒤 적적하게 지내시는 모습이 안쓰럽기도 하고, 평생 아이들을 가르치고 돌봤던 분이니 이보다 적임자가 어디 있겠느냐면서.

만약 대혁이 결혼 전에 그런 제안을 했다면 수연은 말도 안 되는 소리라며 파혼을 선택했을지도 모른다. 혼자 자취한 세월이 길어서 어쩌다 명절에 친정 부모와 한 공간에 있을 때도 어색한데, 시어머니와 한 공간에 있다? 수연은 상상만 해도 숨이 막혔다. 하지만 자기코가 석 자였다. 이언과 이서에게 번갈아가며 밤낮없이 시달리다 보니, 시어머니와 한 공간에서 지내도 충분히 견딜 만하겠다는 생각이 들었다. 시어머니는 흔쾌히 수연과 대혁의 제안에 응하며 전원주택 생활을 청산했다.

시어머니 덕분에 수연과 대혁은 빠르게 생활에 안정을 찾았다. 수연은 출산휴가 3개월 뒤 곧장 회사로 복귀해 승진까지 할 수 있었고, 대혁도 회사에서 비중 있는 프로젝트에 참여해 성과를 내며 인정받았다. 이언과 이서는 정성을 다하는 시어머니의 보살핌 속에서 무탈하게 자라났다. 수연은 언젠가부터 친정 부모보다 시어머니가 더 편안하게 느껴지기 시작했다. 이언과 이서도 외출했다가 돌아오면 시어머니를 가장 먼저 찾았다. 수연은 그런 시어머니에게 진심으로 감사했다.

문제는 수연과 대혁의 부부 관계였다. 시어머니와의 합가 후 둘만의 공간이 사라졌다. 안방은 수연과 쌍둥이의 차지가 됐고, 어머니는 작은방을 썼다. 안방에서 쫓기듯 나온 대혁은 거실에 이부자리를 폈다. 휴일에도 대부분의 일상이 이언과 이서를 중심으로 돌아가다 보니, 수연과 대혁 단둘이 시간을 보내는 일이 드물었다. 이렇게 몇 년이 흐르자 자연스럽게 둘 사이의 스킨십도 뜸해졌다. 어쩌다 대혁이 수연에게 슬쩍 스킨십을 시도하면, 수연은 "가족끼리 왜 이래?"라고 너스레를 떨며 대혁에게 핀잔을 주기도 했다.

수연은 고민에 빠졌다. 설마 내가 살갗이 닿는 게 싫을 정도로 남편을 싫어하는 걸까? 그건 절대 아니었다. 수연은 대혁을 사랑했다. 아니, 대혁이 없는 세상을 상상할 수도 없었다. 수연은 지금 부산에 내려가서 대혁과 한 침대에 누워 있을 미래를 걱정하는 자신이 어처구니없었다. 이게 도대체 무슨 심리인지 자신도 이해하기가 어려웠다. 수연은 마지막으로 부부 관계를 한 게 언제인지 기억을 더듬어봤다. 기억은 시어머니와 합가하기 전까지로 거슬러올라갔다. 정말? 그렇게 오래됐다고? 수연은 뒤통수를 세게 한 대 맞은 듯 멍해졌다.

한때 수연에게도 대혁과 눈만 맞으면 불이 붙었던 시절이 있었다. 수연은 스매시 고별 기념 전국 투어 공연이 끝난 후 해운대 포차거리에서 대혁과 처음 만났다. 그때 수연이 느낀 감정은 슬픔이나 아쉬움보다는 분노였다. 소문에 따르면 밴드의 활동 중단 원인은 멤버 간 불화였고, 나중에 기사를 통해 일부 사실로 확인됐다. 당시 스매시는 음악적으로나 인기 면으로나 절정을 달리고 있었다. 데뷔 때부터 스매시를 응원했던 수연은 갑작스러운 밴드의 활동 중단 선언을 받아들이지 못했다. 수연은 혹시라도 밴드가 활동 중단을 번복하지 않을까 하는 기대를 안고 마지막 공연이 열리는 부산까지 찾아왔던 건데 그런 건 없었다. 그대로 끝이었다. 그때 수연이 가슴속 화를 달래려고 지하철을 타고 도착한 곳이 해운대였다.

해변에서 바다를 구경하고 포장마차에서 홀로 골뱅이에 소주를 마시던 수연의 눈에 대혁이 들어왔다. 수연은 대혁이 목에 두른 공연 기념 수건을 보고 알은체했다. 공교롭게도 대혁 또한 스매시의 오랜 팬이었고, 고별 공연 후 헛헛함을 견디기 어려워 포차거리를 찾은 터였다. 둘은 만난 첫날부터 과음하며 많은 이야기를 나눴고, 결국 그날 밤에 한 이불을 덮었다. 다음날 둘은 돼지국밥 노포에서 함께 해장하며 서로를 쑥스러운 얼굴로 바라봤다. 그렇게 연애를 시작했던 우리가 10년도 안 돼 섹스리스가 됐다니. 이게 실화인가? 수연은 생각할수록 어이없고 우스웠다.

대혁은 지난 몇 년을 어떻게 참은 걸까? 수연은 처음으로 궁금해졌다. 대혁은 그동안 수연에게 딱히 관계를 요구하지 않았다. 사실 요구했더라도 해결할 방법이 마땅치 않았다. 수연과 대혁의 동선은 거의 집과 회사로 고정돼 있는데, 집 안에는 둘이 마음 편하게 시간을 보낼 공간이 없었으니 말이다. 무엇보다도 시어머니가 계시니 눈치를 보지 않을 수가 없었다. 이언과 이서도 초등학교에 입학할 만큼 컸으니, 대혁은 스매시의 재결합 공연을 계기로 부부 관계를 재정립하려고 시도하는 게 아닐까? 그래서 티켓 예매에 열을 올린 게 아닐까? 그런 생각이 드니 수연은 대혁이 홀로 애쓰는 것 아닌가 싶어 안쓰러웠다. 그런데도 수연은 대혁과 한 침대에 누워야 한다고 생각하니 다시 부담감에 사로잡혔다.

수연은 문득 그런 생각이 들었다. 스매시 멤버들은 재결합 결정이 쉬웠을까? 정점에 올랐을 때도 서로 싸워서 모든 걸 다 버리고 활동을 중단했는데? 아마도 오랫동안 서로 간에 쌓인 오해를 풀며 화해하는 등 팬들은 모를 물밑 작업이 있었을 테다. 공연은 아직 두 달이나 남았다. 그때까지 천천히 다시 가까워지는 시도를 하면, 공연이 끝난 후 모처럼 즐겁게 한잔을 나눈 뒤 밤을 보낼 수 있지 않을까? 다시 뜨거워질 수 있지 않을까? 수연은 다시 휴대폰을 들고 대혁에게 뒤늦은 답을 했다.

—미안해. 회의가 길어져서 답이 늦었어. 그나저나 도대체 어떻게 피켓팅에 성공한 거야? 박대혁, 역시 대단한 사람이야. 스매시 재결성 기념으로 오늘 퇴근하고 오랜

만에 둘이서 한잔 어때? 집 근처에 꼬치구이 전문점이 새로 열었는데 궁금하더라. 맛있어 보이더라고.

대혁이 바로 수연에게 답했다.

─웬일이야? 먼저 그런 말을 다 하고. 가족끼리 왜 이래?

가족끼리 왜 이래……. 수연은 대혁의 뼈 있는 농담에 자기에게 은근히 서운한 감정이 쌓여 있음을 느꼈다. 수연은 그런 대혁에게 미안하면서도 민망해 살짝 얼굴을 붉혔다.

─가족이니까 그렇지! 이따가 봐. 끝나고 바로 연락할게.

수연은 휴대폰을 덮으며 아침에 집 근처 공원을 지나치다가 본 매화를 떠올렸다. 바람에 실려와 출근길 발걸음을 붙잡았던 그윽한 매화 향기. 수연은 저녁에 대혁과 한잔 마시고 가볍게 공원을 산책하며 그 향기를 맡는 상상을 했다. 그런 분위기라면 수연은 먼저 대혁에게 손을 내밀 수 있을 것 같았다. ■

사람의 일

김혜진

○ **김혜진**

2012년 동아일보 신춘문예에 단편소설 〈치킨 런〉이 당선되며 작품 활동을 시작했다. 장편소설 《중앙역》《딸에 대하여》《9번의 일》《불과 나의 자서전》《경청》, 소설집 《어비》《너라는 생활》《축복을 비는 마음》, 짧은 소설 《완벽한 케이크의 맛》 등이 있다. 중앙장편문학상, 신동엽문학상, 대산문학상 등을 수상했다.

주민센터로 들어서자마자 희수는 그곳의 분위기가 어딘가 이상하다는 것을 알아챘다.

사람들로 붐비는 민원실은 여느 때와 다름없어 보였지만 뭔가가 그곳의 활기를 억누르고 있는 듯했다. 청원 경찰(얼마 전, 공무원과 민원인 간의 다툼 건으로 새로 배치된 사람이었다)이 한 손을 허리춤에 올린 채 경계하듯 그녀를 훑어보았다. 아니, 그의 시선은 그녀가 아니라 그녀를 뒤따라오는 누군가를 향해 있었다.

그녀는 번호표를 뽑고, 민원인들을 위해 마련된 기다란 의자 한쪽에 자리를 잡았다. 각자 다른 조바심을 매만지고 있는 듯한 사람의 눈길은 자신의 용무를 해결해줄 창구를 향해 있었다. 그녀는 '주민등록, 등/초본, 가족관계증명서'라고 적힌 창구를 주시하면서 이따금 다른 쪽으로 고개를 돌렸다. 거기 그 사람이 있었다. 자신을 뒤따라 들어온 푸른색 점퍼를 입은 남자. 청원 경찰이 내내 자신을 주시한다는 것을 아는지 모르는지, 그는 뭔가 못마땅한 표정으로 창구 안쪽 직원들을 바라보고 있었다. 여차하면 창구 안으로 곧장 돌진하겠다는 듯, 필경대에 비스듬히 기대어 선 그는 앉을 생각이 전혀 없어 보였다.

비어 있던 창구에 직원이 온 건 거의 10여 분 만의 일이었다. 오렌지색 스웨터를 입은 여자는 민원인들의 인내심을 시험하듯 한참 만에야 업무를 시작했다. 창구위 화면에 32번이라는 빨간 숫자가 떠오르자 그녀 곁에 앉아 있던 중년 여자가 튀어오르듯 일어섰다. 이어 33번, 34번, 35번이라는 숫자가 차례로 지나갔다.

희수는 속으로 자신이 요청해야 하는 증명서의 종류를 천천히 되뇌었다. 뭐랄까. 다른 창구 직원들에 비해 약간은 굼뜨게 일을 처리하는 듯한 그 여자의 모습이 마음을 조급하게 만든 탓이었다.

"무엇을 도와드릴까요?"

37번이라는 숫자를 확인하고 그녀가 창구로 다가갔

을 때, 여자가 물었다. 가까이서 보니 아주 앳되어 보였다. 스물예닐곱, 많아야 서른이 되었을까 싶은 여자의 얼굴에선 또래들이 지니고 있을 법한 생기가 느껴지지 않았다.

"주민등록표 초본이랑 가족관계증명서 떼러 왔어요."

그녀가 대답하자 여자가 물었다.

"주민등록표 초본 한 부, 가족관계증명서 한 부, 맞으세요?"

"네. 맞아요."

"과거 주소지가 다 나오는 것으로 드릴까요? 초본 말이에요."

그녀는 그 증명서들을 2주 뒤부터 일하게 될 회사, 성진기획에 보내야 했다. 거의 8개월 만에 새로 구한 그 직장은 오피스텔 관리사무소였고, 그녀는 자잘한 행정 업무(주차증을 발급하고, 관리비 고지서를 배부하는 등의 일이었다)를 전담하기로 되어 있었는데, 그곳에서 왜 자신의 초본을 확인하려 하는지, 초본에 필수적으로 기재되어야 할 사항이 무엇인지 물어볼 생각은 하지 못했다. 그녀가 얼른 대답하지 못한 건 그 때문이었다.

"여천은 어떤 곳이에요?"

과거 주소지를 포함하는 게 좋을지 말지를 고민하느라 희수는 여자가 하는 말을 제대로 듣지 못했다.

"처음 봤어요. 여천이란 지명은."

그래서 여자가 그렇게 한마디를 더 하고 나서야 희수는 고개를 들고 여자를 보았다. 어쩐지 긴장한 듯한 여자의 눈빛은 다른 곳을 향해 있었다. 민원실 입구, 필경대 앞에 버티고 선 남자를 보는 것 같았다. 그녀는 슬쩍 남자 쪽을 돌아보곤 대답했다.

"그냥 시골이죠, 뭐. 초본에 과거 주소는 포함되지 않게 해주세요."

"네. 그런데 많이 바뀌지 않았을까요? 저는 1년에 딱 두 번 고향에 가는데, 갈 때마다 뭐가 많이 달라졌더라고요. 여천, 여천. 이름이 예쁜 것 같아요."

여자는 마우스를 딸각이면서, 컴퓨터 옆 프린트기를 살펴보면서, 간간이 남자 쪽을 건너다보면서 계속 말을 걸었다. 여자의 바로 그런 점이 다른 창구 직원에 비해 약간은 굼뜨게 일한다는 인상을 주는 것 같았으나 그녀는 잠자코 있었다.

"참, 인터넷으로 발급하면 무료예요. 알고 계세요?"

"네. 아는데 귀찮아서 잘 안 하게 되네요."

"생각보다 간단한데, 가르쳐드릴까요? 알고 계시면 진짜 편리해요."

여자는 그녀에게 건네줘야 할 증명서 뭉치를 꼭 쥔 채 다급하게 말을 이어나갔다. 그리고 한순간, 뒤쪽에서 소란이 일었다. 일하는 게 느려터졌다느니, 자신의 시간을 잡아먹고 있다느니, 자신이 내는 세금을 허비하고 있다느니 하면서 소리치는 남자를 청원 경찰이 막아서고 있었다. 그 순간, 여자의 몸이 반사적으로 움찔하는 것을 그녀는 보았다. 여자의 눈빛에 경계심과 두려움이 스며들고 있었다. 희수는 자신이 움켜쥐고 있었던 게 번호표라는 것을 방금 깨달은 사람처럼 그것을 내려다보았다. 그러자 다음 순서인 38번(혹은 39번, 40번)이 그 남자일지도 모른다는 생각이 들었다.

"할 때마다 프로그램을 설치하라느니 해서 아주 복잡하던데요? 인터넷 발급은 도대체 어떻게 하는 거예요?"

그래서였을 것이다. 일부러 큰 목소리로 대답한 것은.

"프로그램은 설치하셔야 해요. 근데 한번 설치해놓으면 편해요. 예전에 비해 요즘은 많이 간편해졌어요. 휴대폰으로도 할 수 있고요."

"다들 말로는 쉽다고 하지. 막상 해보면 잘 안 되던

데요?"

모르는 사람이 보았다면 약간의 언쟁이 벌어졌다고 오해할 수 있을 만큼 희수와 여자의 목소리가 컸다. 그것이 그 남자를 얼마간 누그러뜨린 것 같았다. 희수는 창구대 위에 휴대폰을 올려두고, 여자가 시키는 대로 손가락을 움직였다. 손바닥만 한 화면 안에서 새로운 창이 열리고, 인증 창이 뜨고, 이런저런 과정이 빠르게 진행되는 동안 희수는 여자의 말에 귀를 기울였다.

제가 상상한 건 이런 게 아니었어요, 시험 준비할 땐 공무원의 좋은 점만 생각했거든요, 편하다거나 안정적이라는 생각은 전혀 안 들어요, 그냥 무서워요, 제가 문제인 걸까요, 아무래도 그만둬야 할까요, 같은 말들. 그러니까 자신이 들을 거라고 한 번도 상상하지 못한 그런 말들이 이상한 방식으로 그녀의 발길을 붙들었다. 사십대 후반에 이른 희수의 눈엔 너무나 앳된, 삶에 대한 기대와 설렘을 마땅히 품고 있어야 할 여자의 얼굴은 점점 어두워지더니 거의 울 것처럼 변했다.

희수는 잠깐씩 남자 쪽을 돌아보며 계속 그 자리를 지켰다. 했던 말을 반복하고 이따금 보란 듯이 창구대를 손가락으로 톡톡 두드리면서.

"선생님, 이쪽으로 오세요! 뭐가 필요하세요? 제가 처리해드릴 테니까, 이쪽으로 오시라고요!"

그리고 한참 만에 다른 창구 직원이 그 남자를 불렀다. 희수가 고개를 돌렸을 때, 원망 섞인 남자의 눈빛이 자신을 쏘아보는 것을 분명히 느낄 수 있었다. 집요함이랄지, 사나움이랄지, 아무튼 선뜻 반길 수 없는 감정이 느껴졌으나 희수는 눈을 피하지 않았다. 그리고 그 남자가 주민센터를 나간 후에야 비로소 용무가 끝난 사람처럼 증명서 2부를 받아 느릿느릿 그곳을 나왔다.

희수가 잊고 있던 그날의 일은 며칠 뒤, 집 앞에 배송된 택배 상자가 감쪽같이 사라진 어느 저녁에 다시 떠올랐다. 그녀가 주문한 것은 라텍스 장갑이었고, 배송비를 제외하면 만 원이 채 되지 않는 금액이었으나 자신의 책임이 아니라는 듯 퉁명스럽게 구는 택배 기사와 여러 차례 통화를 하는 동안 기분이 점점 상했다. 경비실과 이웃집에 택배 상자의 행방을 수소문한 뒤, 세 번째로 기사에게 전화를 걸면서 희수는 확실히 책임을 묻겠다고, 보상에 대한 확답을 받겠다고 마음먹었고 정말 그렇게 했다.

"고객님 상품은 15시 23분에 제가 분명 배송을 완료했어요. 전산 기록에 남아 있거든요. 늘 문 앞에 배송하는데 왜 이런 일이 생겼는지 모르겠네요. 할 수 없죠. 고객 센터에 분실 접수를 하세요."

"고객 센터요? 접수하면 어떻게 되는 건데요?"

"뭐, 제가 물어드리는 거죠."

"기사님이 물어준다고요? 왜요, 분실 보험 같은 게 없어요?"

"있긴 한데 청구하긴 힘들어요. 제가 일하는 중이라, 아무튼 고객 센터에 접수하시면 돼요."

희수는 저녁 식사 내내 남편에게 이 문제, 사라진 택배의 행방과 고객 센터에 분실 접수해야 하는 번거로운 상황, 결국은 본인이 물어줄 수밖에 없다는 식으로 자신에게 교묘하게 죄책감을 심어주던 기사의 말투에 대해 불만을 털어놓았다. 일단 기다려보라거나 조금 더 찾아보라거나 식의 하나 마나 한 대답을 늘어놓던 남편은 한참 만에야 그녀가 원하던 대답, 고객 센터에 정식으로 접수를 할 수밖에 없어 보인다고 답했다. 그러나 희수는 그러지 못했다. 그건 자신이 배송 요청 사항에 직접 남긴 '문 앞에 두세요'라는 문구 때문은 아니었다. 뭐랄까. 주민센터에서 만났던 앳된 그 여자의 겁에 질린 얼굴이 떠올랐고, 불안과 염려 속에서 일하고 싶지 않다는 생각이 들었는데, 출근을 앞둔 저녁이라는 데에까지 생각이 미치자 도저히 그럴 용기가 생겨나지 않았다.

그녀는 저녁 내내 조용한 발걸음으로 거실을 오가며 잠깐씩 현관문 쪽을 바라보았다. 누군가 잘못 가져간 택배를 돌려주러 오지 않을까 하고. 아니, 새로운 직장에서 자신이 곤경에 처한다면 지금 자신이 그런 것처럼 누군가 한 번쯤 작은 호의를 베풀어주기를 기대하는 마음으로. 희수는 밤 11시가 되기 전 홀가분한 마음으로 잠자리에 들었다. ∎

화원의 주인

강화길

○ **강화길**

2012년 경향신문 신춘문예에 단편소설 〈방〉이 당선되며 작품 활동을 시작했다. 장편소설 《다른 사람》《대불호텔의 유령》, 중편소설 《다정한 유전》, 소설집 《괜찮은 사람》《화이트 호스》《안진 : 세 번의 봄》 등이 있다. 한겨레문학상, 구상문학상 젊은작가상, 젊은작가상, 백신애문학상 등을 수상했다.

오래전 그날, 미진은 영은의 국사 교과서에 물을 쏟았다. 일부러 그런 건 아니었다. 앞사람을 피하려다 균형을 잃는 바람에 손에 들고 있던 물컵을 떨어뜨린 것이었으니까. 다행히 물은 책상 가장자리로만 쏟아졌다. 교과서에는 대여섯 방울 정도만 튀었다. 설사 책이 다 젖었다 해도 영은은 별로 신경 쓰지 않았을 것이다. 그녀는 공부―특히 국사―에 별 관심이 없었고, 무엇보다 미진의 잘못이 아니라는 걸 알았으니까. 사람을 피하려다 그런 건데 뭐. 그럴 수도 있지. 그런데 미진은 영은에게 지나치게 미안해했다. 그녀는 영은에게 사과를 일곱 번 넘게 했고, 과자와 우유를 사줬다. 그러면서 또 사과했다.

"영은아, 내가 미안해. 정말 미안해."

영은은 미진을 가만히 쳐다보았다. 생각했다. 참, 답답한 애네. 사실 미진은 모든 사람을 그런 식으로 대했다. 눈치를 보고 기분을 살폈다. 영은은 미진의 그런 성격이 성가셨고, 앞으로 두 사람이 가까워질 일은 없으리라 여겼다. 과자와 우유. 그게 두 사람의 마지막 인연이리라.

오늘 아침, 영은은 일어나자마자 미진의 문자를 받았다.

"영은아, 미안해. 내가 어제 말실수를 했지."

영은은 답장하지 않았다.

한 시간 뒤, 미진의 문자가 또 도착했다.

"정말 미안해 영은아. 마음이 풀리면 답장해줘."

영은은 피식 웃었다. 출근길에 답장해야겠다고 생각했다. 어제 두 사람은 지선의 집들이에 갔다. 지선은 영은의 대학 동기였는데, 어쩌다 보니 몇 년 전부터 미진까지 셋이 함께 어울리게 되었다. 하지만 영은은 지선을 미진만큼 가깝게 느끼지는 않았다. 지선은 차분하고 조용한 성격으로 속내를 잘 내비치지 않았다. 뭐랄까, 영은은 지선이 조금 알 수 없는 사람이라고 생각했다. 그래서인지 지선의 선물을 고르는 일이 어려웠다. 그녀의 취향이 어떤지, 뭘 필요로 하는지 알지 못했으니까. 미진 역시 잘 모르겠다고 말했다. 결국 영은은 자신이 좋아하는 루이보스 차 세트를 선물하기로 마음먹었다. 장미 향이 은은하게 블렌딩된 꽤 고급스러운 차였다. 사실 영은 형편에 이 차를 즐기는 건 상당히 사치스러운 일이었으나, 그녀는 취향을 고집스럽게 유지했다. 별다른 이유는 없었다. 온종일 일과 사람에 시달리고 집으로 돌아와 이 차를 마시면, 고요하고 향기로운 화원 한가운데 앉아 있는 기분이 들었다. 마음이 차분해지고, 공허한 마음이 채워지는 듯했다. 아니, 온전해지는 것 같다고 해야 할까. 아무튼 좋았다. 지선에게 좋은 선물이 될 것 같았다.

지선에게 차를 건네는 순간, 미진이 옆에서 불쑥 말했다.

"지선아, 이거 정말 맛있어. 마치 화원에 온 듯한 느낌이 들 거야."

그때부터였다. 미진은 영은의 눈치를 보기 시작했다. 영은은 미진의 속이 훤히 보였다. 미진은 자신이 영은의 말을 가로챘다고 생각하는 것이다. 솔직히 영은은 아무렇지 않았다. 선물에 대해 누가 뭘 어떻게 설명하든 그게 무슨 상관이란 말인가. 그리고 설사 영은의 기분이 나빴다 해도, 이렇게까지 눈치 볼 일은 아니었다. 하지만 미진은 눈치를 봤다. 신경을 썼다. 미진의 머릿속에는 오직 그런 생각뿐인 듯했다. 누군가의 심기를 거스르진 않을까. 실수를 하지 않을까. 만일 잘못을 했다면 어떻게 만회해야 할까. 특히 미진은 영은에 대해 예민하게 반응했다. 어린 시절, 책상에 물을 쏟았던 그날 이후로 지금까지 계속. 왜일까. 하지만 영은은 미진이 자신의 허물을 계속 들여다보고, 타인의 마음을 살피는 일에 중독되어 있다는 것 정도는 알았다. 끝없이 배려하고, 사과하고, 용서받는 삶.

영은은 미진이 안쓰러웠다. 그래서 가능한 한 다정하게 대하려 했다. 그러다 보니 오랜 시간 가깝게 지내게 되었고, 이제 미진은 영은의 가장 친한 친구였다.

미진은 어쩌면 그렇게 한결같을까.

지하철 출근길에서, 영은은 사람들의 피로한 얼굴을 마주한 채 친구의 마음을 헤아려보았다. 지선과 함께 있는 내내 나에게 신경썼겠지. 곧장 미안하다고 말하고 싶었겠지. 내가 별 내색을 하지 않으니 어떻게 해야 할지 몰랐겠지. 그냥 넘어갈까, 잠시 그런 생각도 해봤겠지. 하지만 도저히 그렇게 할 수 없었겠지. 밤새워 고민했겠지. 영은에게 뭐라고 말할까. 어떻게 말해야 기분을 풀어줄 수 있을까. 용서받을 수 있을까. 나는 영은과 멀어지고 싶지 않은데, 영은은 나의 유일한 친구인데…… 그 순간, 지하철이 멈췄다. 영은은 깜짝 놀랐다. 도착역을 두 정거장이나 지나쳐버렸던 것이다. 그녀는 정신없이 승강장 밖으로 뛰어나왔고, 반대 방향을 찾아 계단을 올랐다. 벌써 이게 몇 번째인가 싶었다. 언젠가부터 영은은 미진의 마음을 가늠하다가 지각을 하고, 할 일을 잊었다. 멍하니 앉아 있기도 했고, 약속을 잊어버리기도 했다. 미진이 자신을 생각하며 전전긍긍하는 모습을 상상하다 보면, 영은은 어쩐지 생각을 멈출 수가 없었다. 그리고 오늘 아침 영은은 또 그 생각에 빠져들었던 것이다. 한심한 짓거리를 저지른 것 같기도 했고, 지각 때문에 상사에게 잔소리를 들을 생각을 하니 짜증도 났다. 영은은 미진에게 답장하려던 걸 관뒀다.

대신, 미진이 한숨을 쉬며 양손으로 얼굴을 감싸고 있는 모습을 떠올렸다.

기분이 조금 나아졌다.

하루는 조용히 지나갔다. 영은의 지각을 나무라는 사람도 없었고, 별다른 일도 벌어지지 않았다. 미진에게는 연락이 없었다. 영은이 답장할 때까지 기다린다고 했으니, 정말로 기다리고 있겠지. 얼마나 초조하고 답답할까. 누군가의 처분을 기다리기만 하는 하루라니.

그때, 옆자리 선배가 말을 걸어왔다.

"영은 씨, 졸리지 않아? 커피 마실래?"

"커피요?"

"응, 내가 살게."

영은의 핸드폰이 울렸다. 그녀는 재빨리 핸드폰을 확인했다. 미진의 문자가 아니었다. 얼마 전 가입한 쇼핑몰의 할인 문자였다. 영은은 아랫입술을 살짝 깨물었다. 왜 연락이 안 오지? 미진이 '답을 기다릴게'라는 문자를 남긴 건 처음이 아니었다. 미진은 매번 그랬다. 하지만 속을 잔뜩 끓이다가 반나절을 참지 못하고 전화를 걸어오곤 했다. 두려움이 가득 담긴 목소리로 말했다. 영은아 미안해. 내가 잘못했어. 그런데 오늘은 연락이 없었다.

"영은 씨, 커피 안 마셔?"

영은은 핸드폰을 쳐다보며 무뚝뚝하게 대답했다.

"네, 안 마실래요."

이상했다. 확실히 뭔가 이상했다. 영은이 집에 돌아올 때까지, 미진은 계속 연락이 없었다.

왜?

진작 전화가 왔어야 했는데. 애처로운 목소리로 영은을 불러야 마땅한데. 그러면 영은은 미진의 목소리를 들으며 루이보스 차를 우렸겠지. 차의 향과 함께 그 순간의 마음을 즐겼겠지. 온전해진 느낌. 공허함을 밀어내는 희열.

하지만 조용했다.

지선의 집들이에 갔던 날, 영은은 미진에게 일부러 설명했다. 이 루이보스 차는 특별하다. 이걸 마시면 화원에 있는 기분이 든다. 아마 너도 그럴 거야. 미진은 고개를 끄덕였다. 그리고 지선에게 선물을 건넬 때 영은은 일부러 입을 열지 않았다. 슬쩍 미진을 살폈다. 미진을 잘 알았으니까. 미진은 사람들 사이의 침묵을 견디지 못했다. 무슨 말이든 해서 공백을 메우고 싶어 하는 사람이었다. 하지만 미진이 할 수 있는 말이 뭐가 있겠는가. 뻔한 안부? 어색한 인사치레? 아마 미진에게는 루이보스 차에 대해 이야기하는 것이 가장 자연스러운 일이었을 것이다. 영은에게 들은 말이 있으니까. 그리고 미진은 영은의 말을 항상 잘 기억하니까. 때문에 아주 자연스럽게, 그 말이 튀어나왔을 것이다.

"지선아, 이 차를 마시면 꼭 화원에 온 듯한 기분이 들 거야."

그리고 화들짝 놀랐겠지. 그러나 그건 영은이 일부러 만들어낸 틈새였다. 미진은 평소 습관대로 그곳에 발을 내디뎠을 뿐이다. 영은이 그렇게 이끌었다. 무엇을 위해서? 그래. 어떤 온전함을 위해서. 애처롭고 초조한 표정. 절박한 목소리. 그와 함께 어우러지는 장미 향.

드디어 전화벨이 울렸다.

그럼 그렇지.

영은은 미소를 지었다. 그런데, 미진이 아니었다. 지선이었다.

"여보세요?"

"영은아, 바빠? 지금 미진이랑 같이 있는데, 너도 나올래?"

영은은 대답했다.

"……아니, 괜찮아. 지금 좀 피곤하네."

"그래?"

"응."

그 순간, 전화 너머에서 미진의 웃음소리가 들려왔다. 영은은 핸드폰을 쥔 손에 힘을 주었다. 그리고 지선에게 말했다.

"둘이 재미있게 놀아."

"그래. 미진아. 알겠어."

전화를 끊은 뒤, 영은은 차를 우렸다. 장미 향이 블렌딩된 루이보스 차. 그녀는 집중했다. 두 티스푼 반. 100℃. 250ml, 그리고 6분의 기다림.

영은은 차 한 모금을 천천히 마셨다. 눈을 감았다. 미진의 웃음소리가 떠올랐다. 영은은 조금 더 집중했다. 미진의 목소리를 잃어버리지 않도록, 놓치지 않도록. 그리하여 영은은 미진이 웃음 끝에 속삭일 그 말을 간신히 떠올릴 수 있었다.

"미안해. 지선아. 정말 미안해."

왜? 무슨 일로?

중요하지 않았다. 그래. 그랬다. 진짜 중요한 건, 영은의 이 순간이 잠시나마 완벽해졌다는 것. 영은은 계속 미진을 생각했다. 어차피 멈출 수 없었다. ■

그분의 목숨을 구하다

김동식

○ **김동식**

《양심 고백》《밸런스 게임》《회색 인간》 등 '김동식 소설집' 열 권을 펴냈다.
SDF 프로젝트 소설집 《성공한 인생》, 연작소설집 《궤변 말하기 대회》, 따뜻한
이야기 모음집 《인생 박물관》, 작법서 《초단편 소설 쓰기》, 에세이집 《무채색
삶이라고 생각했지만》 등이 있다.

저번에 과학고 초청 강연에서 말이야. 알고 보니 문학상을 휩쓴 작가랑 나랑 둘 중 누구를 초청할지 학생 투표를 했었는데 내가 압도적으로 이긴 거더라고. 미리 알았으면 내가 양보했을 건데 말이지. 학생들한테 나 따위보다 그 작가가 훨씬 도움됐을 거 아니야? 난 거기 안 갔어도 어차피 일정이 꽉 차서 시간이 모자랐었거든. 어휴, 사실은 지금도 난 내가 전문 강연자로 살고 있는 게 신기해. 그쪽도 그렇게 생각하지 않아? 배운 것도 없고, 배울 점도 없고, 선한 영향력을 펼치는 것도 아니고, 하다못해 말을 웃기게 잘하는 것도 아니고. 객관적으로 절대 전문 강연자가 될 수 없는 거잖아. 그런데도 그 어떤 강연자보다 폭발적인 반응이란 말이지.

특히 청소년들은, 평소 떠들고 딴짓만 하던 녀석들도 내 강연은 열광해서 듣는다니까. 못 믿겠어? 그쪽도 내 이야기를 들으면 하던 일을 멈추고 집중할 수밖에 없다고 무조건 장담하는데?

그 일이 일어난 날은 말이야. 오랜만에 친구 놈들이랑 같이 놀러가서 진탕 마시고 잠든 새벽이었어. 술을 잔뜩 퍼마신 녀석이 새벽에 나가서 안 들어오니까 걱정이 되잖아? 내가 녀석을 찾으러 나갔어. 좀 걷다 보니 저 멀리서 다급하게 첨벙거리는 소리가 들리는 거야. 이놈이 무슨 헛짓거리를 하나 싶어 얼른 가봤더니, 물에 빠져 죽을 둥 하고 있는 게 아니겠어? 난 깜짝 놀라서 바로 뛰어들었는데, 아오 둘 다 죽을 뻔했어. 물에 빠진 사람 구해주는 게 보통 일이 아니더라고. 그래도 겨우겨우 구해서 밖으로 나왔는데, 아 글쎄 친구 놈이 아니지 뭐야? 생사람 목숨을 구한 거야 내가. 근데 놀랍게도 그 생사람이 누구였냐면 말이야…… 바로 그 A그룹의 그 회장님이었어. 내가 바로 그 유명한 '그분'의 목숨을 구한 거라고. 정말 깜짝 놀랐어. '아니 이분이 왜 여기서 나와?' 싶은 거지. 사람들이 그분을 모시고 떠날 때까지도 현실감이 잘 없더라고. 그러다 서서히 정신이 드니까, 심장이 미친 듯이 뛰는 거야. 말하자면, 내가 그분의 '생명의 은인'이 된 거잖아? 생각해봐. 그쪽이 만약 그분을 구한 생명의 은인이 됐어. 그럼 어떨 것 같아? 어떤 일들이 펼쳐질 것 같아? 솔직히 기대되지 않아? 떡 줄 사람은 생각도 않는다지만, 떡 줄 사람도 떡 줄 사람 나름이지. 그분이라고 그분! 행복한 상상을 멈출 수가 없더라고.

난 조용히 그분의 연락을 기다렸어. 그런데 진정하고 보니까 막상 좀 막연한 거야. 분명 내 인생에 되게 좋은 일이 일어난 거 같기는 한데, 뭘 어떻게 좋은 일이지? 현실적으로 뭐가 잘 안 떠오르더라고. 아무래도 내가 좀 머리가 모자라서 그런 것 같아. 다른 사람이었으면 이런 일생일대의 기회를 살릴 여러 계획이 떠오를지도 모르겠지만, 난 안 되더라고. 또 시간도 부족했고 말이야. 그분이 바로 이튿날 한번 뵙자고 초대했거든.

그래서 그냥 단순하게 나가기로 했어. 평생 기름밥 먹던 머리에서 뭐가 나오겠어? 난 그분을 만나자마자 솔직하게 말했어. 직접적으로 돈을 달라고 말이야. 그냥 주고 싶으신 만큼 돈 좀 주고 치우시라고 해버렸지.

굉장히 무식하고 무례한 말이었지만, 솔직하게 진심을 말한 거였어. 근데 그게 통했나봐. 솔직해서 좋다는 거야. 바로 그 자리에서 내게 이만큼을 주겠다며 적어주셨는데, 와! 진짜, 와!!

근데 대신에 그분이 한 가지를 부탁했어. 그날 새벽에 내가 목격한 것들을 절대 말하지 말아달라고 말이야. 난 무조건 약속했지. 무덤까지 가져가겠다고 말이야. 하지만 뭐, 어휴. 알다시피 난 약속을 지키지 못했어. 그놈의 술이 원수지. 아니 뭣 하러 갑자기 한턱낸답시고 술자리를 가졌는지 몰라 미친놈이. 필름이 끊기고 다음날 오후에 일어났더니, 온 사방이 그 뉴스더라고. 친구한테만 보내줬던 기념사진은 또 어떻게 유출이 됐는지 아오! 그 자식은 지금도 진짜 죽여버리고 싶다니까.

핸드폰은 난리가 났고, 그쪽의 연락도 왔어. 나야 당연히 약속을 안 지킨 탓에 돈이 날아갔다고 생각했는데, 돈을 그냥 준다는 거야! 대신 말을 맞춰야 하니까 찾아오라더군. 무분별한 기사가 나가지 않도록 정리 좀 하자는 거였지. 알고 봤더니, 내가 정말 숨겨야 하는 부분은 누설을 안 했던 게지. 천만다행이지 뭐야. 난 바로 그쪽에 찾아갔고, 내가 쓸데없이 떠들어선 안 될 게 뭔지를 확실히 알고 왔어. 이후 난 그쪽에서 정해준 곳하고만 인터뷰를 했는데, 반응이 폭발적이었어. 난 그분의 목숨을 구한 일반인이잖아? 아마 모르긴 해도 한동안 전국에서 가장 부러운 사람이었을걸? 근데 사람이 참 그렇다. 헛바람 드는 게 한순간이더라고. 내가 유명해진 게 내 능력 때문이 아닌데, 그걸 내가 대단한 걸로 착각한 거야. 막 명품 사고, 외제차 타고, 일도 때려치우고, 아주 난리였지. 정신 차리고 보니까 그 많던 돈은 다 어디 가고, 마이너스 통장, 듣보 코인, 중고 명품 몇 개만 남았더라고. 그제야 내가 얼마나 헛바람이 들었었는지 알겠더라. 후회했지, 후회했어. 이제 뭐 어떻게 살아야 할지 모르겠는데, 동생이 그러더라. 우리 집안에서 그래도 똑똑한 그놈이 하는 말이, 내가 그분께 돈을 받은 걸 세상에 고백하라는 거야. 세상 사람들이 가장 궁금해할 게 뭐겠냐고 말이야. 사람들은 그분이 나한테 얼마를 주기로 했는지를 가장 궁금해할 거라는 거야. 재계 서열 1위 재벌이 과연 자신의 목숨을 구한 사람에게 어떤 보상을 해줄 것인가? 전 국민이 그걸 궁금해할 거라고 말이지. 듣고 보니 동생 말이 맞아. 나라도 궁금할 것 같아. 그리고 동생이 하는 말이, 내 상황을 듣기만 해도 흥분이 되더래. 만약 내가 그분을 구한 생명의 은인이 된다면? 상상만으로도 짜릿하다는 거야. 모두가 부러워할 내용이니까, 차라리 그걸 인터뷰 같은 걸로 풀지 말고 강연을 다니래. 자기가 알아봐줄 수 있다고. 난 반신반의하긴 했지만, 한번 동생의 말대로 해보기로 했지. 난 그분의 목숨을 구하고 돈을 받았다는 사실을 밝혔어. 그런데 와 세상에, 나를 불러주는 곳이 엄청나게 많더라고? 내가 강연장에 가서 하는 거라고는 지금 한 이야기를 그대로 하는 것뿐인데도 반응이 아주 폭발적이었어. 특히 강연 중간에 이런 부분이 있거든?

"만약 여러분이 '그분'의 생명의 은인이 됐습니다. 저는 바보처럼 그냥 돈을 요구했는데, 여러분이라면 어떻게 하실 건가요?"

그러면 사람들 얼굴에 행복이 보여. 하이고 참나, 행복이란 게 멀지 않더라니까? 정말 다들 얼마나 즐거워하는지 몰라. 특히 청소년들이 정말 좋아하거든? 기억나는 대답 몇 가지만 말해볼까? 회장님 '빽'으로 대기업 입사해서 승승장구하고 싶다는 대답도 많고, 일단은 아무런 요구도 없이 순수하게 지인이 되겠다는 대답도 있고, 사윗감이 되고 싶다는 웃긴 녀석도 있고. 하여간에 재밌어. 나도 날 몰랐는데, 난 이런 일이 적성에 맞더라고. 내 말에 사람들이 호응해주는 게 너무 좋아. 전에 괜히 헛바람이 들었던 게 아니었던 거지. 강연을 다니면 다닐수록 점점 얘기를 과장하고 지어내게 됐어. 사람들이 어떤 포인트에 기뻐하는지 알다 보니까, 원하는 이야기를 들려주려고 하는 거야. 요즘 내 강연을 들으면, '그분'은 완전 갓이야 갓. 한국 사람들이 재벌 싫어하고 욕한다고? 절대 아니야. 사람들 재벌 찬양 썰 듣는 걸 훨~씬 더 좋아해. 반응이 진짜 환상적이라니까? 문화센터 강연이든, 도서관이든, 대학교든, 고등학교든, 중학교든 다. 강연 담당자들이 하나같이 하는 말이, 모객이 정말 잘 된대. 그냥 무조건 1순위래. 그냥 내 이야기가 한국인들이 가장 좋아하는 주제인가봐. 아니면 내 얘기로 대리만족 같은 걸 하는 걸까?

사실 뭐, 가장 강력한 요인은 호기심이겠지. 생생한 이야기도 들어보고 싶고, 또 그분이 얼마를 줬는지도 궁금하고. 사실 그 액수가 결국 내 강연의 하이라이트 잖아. 강연 마지막 질의응답 때 그 질문이 나오면, 일단 난 사람들에게 역으로 물어봐. 얼마를 받았을 것 같냐고. 그러면 정말 온갖 금액이 다 나오는데, 말도 안 되는 황당한 액수가 많더라고. 사실상 자기가 받고 싶은 돈을 말하는 것 같기도 해. 그렇게 자, 적당히 뜸을 들였으면 이제 내가 대답해줘야 할 시간이지? 그거만 들으려고 온 사람도 있을 텐데. 그러면 난 이제 동생이 시키는 대로 해. 일단 계산기를 꺼내고, 강연 담당자를 불러서 물어.

"오늘 제 강연료가 얼마죠? 귓속말로 말해주세요."

담당자분이 내게 귓속말하면, 난 계산기를 두드린 다음 말해.

"제가 그분께 받기로 했었던 금액은 대략 오늘 강연료의 'xxx배'입니다."

사람들이 난리가 나면 난 퇴장하는 거지. 보면 강연장마다 몇 배인지가 달라지는 게 재밌을 거야. 사실 아직 내 입으로 정확한 액수를 공개한 적이 한 번도 없거든? 그래도 대충 입소문이 돌긴 하더라고. 과연 그게 맞을까? 진짜 액수가 얼만지 궁금하지 않아? 글쎄, 앞으로도 강연을 계속 다녀야 하니까 정확히 말해줄 순 없는데, 한 가지는 확실히 말해줄 수 있어. 그분께 받은 돈보다 지난 1년간 강연 다니면서 번 돈이 더 많다는 거. 놀랍지? 참 우리나라는 사랑스러운 나라야. 재벌 목숨을 구해준 썰만 풀어도 평생 먹고살 수 있는 나라라니 말이야. 덕분에 내 인생도 정해졌잖아? 이렇게 셀럽으로의 삶을 살게 될 줄은 정말 상상도 못했는데 말이지. ■

삶은 계란

최진영

○ **최진영**

2006년 단편소설 〈팽이〉가 《실천문학》 신인상에 당선되며 작품 활동을 시작했다. 장편소설 《당신 옆을 스쳐간 그 소녀의 이름은》《끝나지 않는 노래》《구의 증명》《해가 지는 곳으로》《이제야 언니에게》《내가 되는 꿈》《단 한 사람》, 소설집 《팽이》《겨울방학》《일주일》 등이 있다. 만해문학상, 백신애문학상, 신동엽문학상, 한겨레문학상, 이상문학상을 수상했다.

그는 서른 살 생일을 맞아 금연을 결심했고 서른세 살 생일인 오늘까지 그 결심을 지키고 있다. 일주일에 딱 두 번, 금요일과 토요일 저녁에만 술을 마시겠다는 다짐 또한 대체로 지켰다. 피치 못할 사정이 있을 때는—친구나 동료에게 힘든 일이 생겨서 같이 술을 마셔야만 한다거나 지위가 높고 나이가 많은 사람이 권하는 술을 거절할 수 없을 때—소주 세 잔까지만 마시려고 나름 애를 썼다. 그러니까 그는 적어도 자기가 겪는 스트레스 때문에 술을 마시진 않았다. 오늘 식당 앞에서 만났을 때 그의 몸에서 풍기는 은은한 시트러스 향을 느끼며 나도 모르게 중얼거렸다. 향기가 참 좋네. 조깅 후 샤워를 하고 나왔다고 그는 대답했다.

테이블을 두고 마주 앉아 김치찌개 2인분을 주문한 뒤 그는 나에게 휴대폰 건강 앱을 보여줬다. 매일 저녁 8시에서 10시 사이에 빨간 막대가 높게 솟아 있었다. 퇴근 후 근린공원의 조깅 트랙을 적어도 열 바퀴 이상 달리는 습관을 들였다고, 달리기를 못한 다음날에는 평소의 두 배를 달린다고 그는 말했다. 1년 가까이 운동을 지속하니까 확실히 기본 체력이 다져지는 것 같다고, 영양제만 많이 챙겨 먹을 게 아니라 일상의 루틴을 지키는 게 중요하다고, 몸의 근육이 생기니까 마음의 근육도 덩달아 강해져서 예전처럼 쉽게 짜증을 내는 일도 줄었다고 이어 말했다. 기본 반찬으로 나온 미역줄기 볶음을 조금 집어 먹으며 나는 대꾸했다.

"그래, 운동 좋지."

반찬 중에는 연두부도 있었다. 그것을 숟가락으로 떠먹으며 나는 덧붙였다.

"지금처럼만 계속 살잖아? 그럼 너는 백이십 살까지 살 거야."

그는 잠시 놀라는 표정을 지었다.

"그렇게까지 오래 살 생각은 못해봤는데."

"지금 백세시대 말하는 사람들 봐. 환갑 넘어서 그런

얘기 하잖아. 너는 이제 삼십대니까 환갑 넘었을 때는 평균 수명이 더 높아질 거라고. 넌 이제 네 인생의 일사 분기를 산 거나 다름없어."

앞치마를 두른 직원이 전골 냄비를 들고 와 휴대용 버너에 올려두고 가스를 점화하며 말했다. 다 익힌 거 니까 끓어오르면 바로 드시면 돼요. 돌아서려는 직원에 게 물었다.

"혹시 메뉴에 계란찜이나 계란말이 있나요?"

"계란말이 있어요."

"그럼 그것도 하나 주세요."

김치찌개는 금방 끓었다. 그는 국자를 들고 김치와 두부와 고기를 적당량 건져서 내 몫의 그릇에 담아준 뒤 자기 그릇을 채웠다. 나는 버너의 불을 줄이며 한탄 하듯 말했다. 너는 참 변함없이 친절하다. 그는 웃으며 대꾸했다. 성격이지, 뭐. 나는 그의 그런 면을 좋아했다. 지나친 겸양이나 자기 과시가 없는 담백함. 친절이 타 고난 성격이란 걸 일찌감치 눈치채서 다행이었다. 나에 대한 호감이라고 오해했다면 고백했을 테고 지금처럼 적당히 친한 사이로 지낼 수는 없었겠지. 쌀밥을 한 숟 가락 떠먹은 뒤 그가 말했다.

"그럼 환갑까지 살아야 인생 절반 산 건가. 그때 난 뭐 하고 있을까."

나는 김치와 두부 위주로 먹으며 되물었다.

"뭐 하고 있으면 좋겠어?"

"그때에도 우리가 이런 걸 먹을 수 있을까?"

그가 쌀밥을 가리키며 물었다.

"왜, 기후위기 때문에?"

"아, 그 생각은 못했네. 일단 건강 때문에. 난 세상에서 쌀밥이 제일 맛있거든. 근데 벌써부터 마음껏 못 먹으니까."

"왜 못 먹어?"

"혈당 때문에."

"당뇨 있어?"

"아직은 아닌데 가족력도 있고, 젊을 때부터 관리하는 게 좋다고 해서."

"근데 너 지금은 엄청 잘 먹고 있는데?"

"생일이잖아."

"아…… 그래서 여기 오자고 했구나."

"응. 이 조합."

축복을 내리듯 두 손바닥을 펼쳐서 김치찌개와 쌀밥

을 전체적으로 가리키며 그는 말을 이었다.

"내가 제일 좋아하는 조합이거든. 사실 여기에 하나 더 추가해야 하는데."

"소주?"

그는 미소 지으며 고개를 끄덕였다.

"마셔. 생일인데."

"아냐. 술까지 마시면 내일 너무 후회할 것 같아. 죄책감에 빠지고."

"나한테 힘든 일 있다 치고 딱 세 잔만 마셔. 내가 고민 털어놓을게."

계란말이가 담긴 접시를 놓아두고 돌아서려는 직원에게 소주 한 병만 달라고 청했다. 금세 소주와 소주잔이 놓였다. 우리는 각자 소주잔을 채우고 가볍게 부딪쳤다. 반 넘게 비워진 그의 밥그릇을 보고 밥을 더 시킬 거면 내 몫을 먹지 않겠느냐고 물었다. 나는 밥에 숟가락도 대지 않았다고.

"그러게, 누나는 왜 밥을 안 먹어?"

그가 내 밥그릇을 보며 물었다. 바로 그게 내 고민이라고 중얼거리며 밥그릇을 건네자 그는 스스럼없이 받았다. 밥과 찌개를 듬뿍 떠먹으며 그는 다짐하듯 말했다. 내일은 세 배로 운동해야지.

"그럼 평소에는 잡곡밥 먹어?"

그는 고개를 저었다.

"탄수화물 자체를 안 먹어. 아침은 ABC주스랑 삶은 계란 먹고 점심은 단백질 도시락."

"저녁은?"

"간헐적 단식."

"안 먹는다고?"

그는 고개를 끄덕이며 덧붙였다. 탄수화물 먹으면 다음날 몸이 너무 무거워. 나는 젓가락을 입에 문 채로 그를 빤히 바라보다 물었다. 너 무슨 대회 준비해? 그는 웃으며 대답했다. 건강하게 오래 살면 좋잖아. 나는 소주를 한 모금 마시며 오래전 그에게 고백하지 않은 이유를 다시금 떠올렸다. 친절이 타고난 성격이란 것과 함께 눈치챘던 사실이 하나 더 있지. 우리는 뭐랄까, 생활의 중력이 다르다는 것. 직접 만들든 배달을 시키든 어쨌든 그는 매일 ABC주스와 단백질 도시락을 먹고 퇴근 후 조깅할 여유가 있다. 눈을 뜨자마자 공복에 각종 영양제를 집어삼킨 뒤 한 시간 반 동안 대중교통으로 출근하는, 점심시간에는 팀의 실세가 먹자고 하는 음식을 따라 먹거나 혼자 샌드위치로 때우고 잠깐 눈을 붙이는 나와는 일상의 배경 자체가 다른 사람이다. 야근한 뒤 집에 오면 조깅이나 운동은커녕 샤워조차 버거운데 그래도 배는 고프니까 야식을 시켜 먹고 위에 음식물을 가득 담은 채로 잠드는 생활을 반복하다가 역류성 식도염과 위염으로 고생하는 나와는 삶의 패턴이 다른 사람. 회사 근처에 살면서 대개 일정한 시간에 퇴근하는 그는 각종 영양제를 '때려 넣을' 필요가 없을 것이다. 내일은 세 배로 운동할 수 있을 것이다. 나는 그를 좋아했다. 지금도 좋아한다. 그러나 그와 연애하는 상상을 하면 울적해진다.

"근데 누나는 왜 밥을 안 먹어? 다이어트해?"

내 몫의 밥을 가득 떠먹으며 그가 다시 물었다. 그와 다르지 않은 이유, 그러나 자세히 따져보면 완전히 다른 이유로 나는 밥을 못 먹고 있다. 얼마 전부터 몸이 안 좋아서 이것저것 검색해보다가 혈당 스파이크 같다는 셀프 진단을 내렸다. 탄수화물과 당분 함량이 높은 음식을 줄이라는 글을 보고 배고플 때 초콜릿이나 빵 대신 편의점에서 파는 삶은 계란을 사 먹었더니 조금은 괜찮아진 것도 같다. 병원에 가서 제대로 검사를 받아야겠다고 매일 다짐하지만 하루하루는 너무 빨리 지나가버리고…… 확연하게 드러나는 상처나 증상이 아니니까 자꾸 미루게 된다. 이러다 독감에라도 걸리면 그제야 병원에 가서 호소하겠지. 선생님, 요즘 너무 어지러워요. 밥을 안 먹으면 기운이 없고 밥을 먹으면 너무 피곤해요.

생일에 친구들을 만나지 않고 왜 나를 만나려는 거냐고, 지난주 약속을 잡을 때 물어봤다. 그는 덤덤하게 대답했다. 애들 만나면 술을 너무 많이 마셔. 3차까지는 가야 자리가 끝날 텐데 이젠 그런 거 부담스러워. 누나 만나서 좋아하는 음식 먹고 깔끔하게 끝내고 싶어. 그는 먼저 당부했다. 혹시나 해서 말하는데 케이크 같은 거 절대 사오지 마. 나 이제 그런 거 안 먹으니까. 그는 마음에 없는 말을 한 적이 없고 나는 그의 말을 의심해본 적 없으니 우린 정말 깔끔한 사이로구나. 생일을 맞아 부담 없는 사람을 만나 좋아하는 음식을 원 없이 먹고 있는 그를 바라보다가 인터넷 검색창을 열고 '간헐적 단식'을 검색했다. 가장 상단에 최신 기사가 떴다. 헤드라인은 '간헐적 단식이 심혈관 질환 사망률 오히려 크게 높인다' 그에게 기사를 보여줄까 말까 망설이다가 핸드폰 액정을 꺼버렸다. 그래도 오늘은 생일이니까. ■

소설, 한국을 말하다

1판 1쇄 발행 2024년 8월 13일

지은이 · 장강명 곽재식 구병모 이서수 이기호 김화진
 조경란 김영민 김멜라 정보라 구효서 손원평
 이경란 천선란 백가흠 정이현 정진영 김혜진
 강화길 김동식 최진영
펴낸이 · 주연선

(주)은행나무

04035 서울특별시 마포구 양화로11길 54
전화 · 02)3143-0651~3 │ 팩스 · 02)3143-0654
신고번호 · 제 1997—000168호(1997. 12. 12)
www.ehbook.co.kr
ehbook@ehbook.co.kr

ISBN 979-11-6737-446-2 (03810)

구효서 1987년 중앙일보 신춘문예에 단편소설 〈마디〉가 당선되며 작품 활동을 시작했다. 장편소설 《늪을 건너는 법》《동주》《랩소디 인 베를린》《나가사키 파파》《비밀의 문》《라디오 라디오》《옆에 앉아서 좀 울어도 돼요?》《빵 좋아하세요?》《통영이에요, 지금》, 소설집 《웅어의 맛》《아닌 계절》《별명의 달인》《저녁이 아름다운 집》《시계가 걸렸던 자리》《아침 깜짝 물결무늬 풍뎅이》, 산문집 《인생은 깊어간다》《인생은 지나간다》《소년은 지나간다》가 있다. 이상문학상, 한국일보문학상, 이효석문학상, 황순원문학상, 대산문학상, 동인문학상 등을 수상했다.

손원평 2016년 장편소설 《아몬드》로 창비청소년문학상을 수상하며 작품 활동을 시작했다. 장편소설 《서른의 반격》《프리즘》《튜브》, 소설집 《타인의 집》, 어린이책 시리즈 《위풍당당 여우 꼬리》 등이 있다. 장편영화 〈침입자〉 및 다수의 단편영화 각본을 쓰고 연출했다. 제주 4·3평화문학상, 《씨네21》 영화평론상을 수상했다.

이경란 2018년 문화일보 신춘문예에 단편소설 〈오늘의 루프탑〉이 당선되며 작품 활동을 시작했다. 장편소설 《오로라 상회의 집사들》《디어 마이 송골매》, 소설집 《빨간 치마를 입은 아이》《다섯 개의 예각》 등이 있다.

천선란 2019년 〈브릿G〉에 장편소설 《무너진 다리》를 발표하며 작품 활동을 시작했다. 장편소설 《천 개의 파랑》《밤에 찾아오는 구원자》《나인》《랑과 나의 사막》, 소설집 《어떤 물질의 사랑》《노랜드》, 연작소설 《이끼숲》 등이 있다. 제4회 한국과학문학상 장편소설 부문 대상을 수상했다.

백가흠 2001년 서울신문 신춘문예에 단편소설 〈광어〉가 당선되며 작품 활동을 시작했다. 장편소설 《나프탈렌》《향》《마담 뺑덕》《아콰마린》, 소설집 《귀뚜라미가 온다》《조대리의 트렁크》《힌트는 도련님》《사십사四十四》《같았다》, 짧은 소설 《그리스는 달랐다》 등이 있다.

정이현 2002년 《문학과사회》 신인문학상에 단편소설 〈낭만적 사랑과 사회〉가 당선되며 작품 활동을 시작했다. 장편소설 《달콤한 나의 도시》《너는 모른다》《사랑의 기초-연인들》《안녕, 내 모든 것》, 중편소설 《알지 못하는 모든 신들에게》, 소설집 《낭만적 사랑과 사회》《오늘의 거짓말》《상냥한 폭력의 시대》 등이 있다. 이효석문학상, 현대문학상, 오늘의 젊은 예술가상 등을 수상했다.